目次

血ぬられた都市伝説

最東対地

カミソリおっさん

――『頭を洗っている時に後ろを決して振り返ってはいけない。カミソリおっさんがくる。一度だけならくるかこないかわからない。二度、三度と振り返れば現れる確率が高くなる。だけど七度はするな。七度すると必ずやってくる。カミソリおっさんがやってくるとカミソリで首を切られて死ぬ』

カミソリおっさんの噂は、誰がいいだしたのかわからない。

友達の友達から聞いた噂話。真相を確かめようとして友達の友達に訊ねても、その人物もまた『友達の友達から聞いた』という。そんな堂々巡りばかりが続き、結局は噂の出どころには辿り着けない。それが『都市伝説』の定義だそうだ。

つまるところ、カミソリおっさんもれっきとした『都市伝説』というわけである。

だが不思議なことに私の地元でしか通用しない都市伝説だと知った。

高校一年生の夏。女子高に通っていた私は気の合う友達と思いきり夏を満喫していた。お祭り、プール、花火、街で買い物もしたし、遊園地だって行った。五月から始めたバイト代もひと夏で全部消えた。

もっと欲しいものがあってほとんど使わずに貯めていたはずなのに、いとも簡単に溶けてなくなってしまったのだ。

だがおかしなもので、私のお金がなくなるタイミングと友達のみんながなくなるタイミングはほとんど一緒。無理もない、毎日のように同じメンバーで遊んでいたし、それぞれの財政も似たようなものだったからだ。

そんな遊ぶお金も尽きた、夏休みも終盤のある夜のことだった。

「カミソリおっさん？」

「なにそのウケる響き」

高校で仲良くなった五人組。ミキ、アキラ、ナツ、スミレ、私。

散財するものもなくなった私たちに残されたのはせいぜい集まって夜通し喋ることくらいだ。ミキの両親がいない日を見計らって、私たちはそれぞれ日を合わせて泊まりにきた。

正真正銘、これが夏休み最後のお楽しみだった。

夏の夜、女子が五人も集まれば始まるのは怪談。学校の噂話から事件ものまでとにかく各々が知っている話を惜しげもなく披露した。

きっかけは今年の文化祭のだしもので『怪談披露』をすることに決まったこと。私の案が採用されたのだが、いざ人前で話すとなると準備も必要だ。

それとなく相談したところ、怪談大会がはじまった……というわけだ。

怖くなるほどに盛り上がり、キャーキャー悲鳴をあげる中、最後が私の番だった。

私は本番で話すつもりの『カミソリおっさん』の話をすることにした。

「みんな知らないの?」

「知らないよー。そんな面白い響きの都市伝説なんか聞いたら忘れないし」

「でもさ、似てる話なら私も知ってるよ」

この中で一番怖い話が好きなスミレが『お風呂でだるまさんが転んだをしてはいけない』という話をした。

「この話のカミソリおっさんと違うところはね、頭を洗っている時に『だるまさんが転ん

だ』って言ったらダメってだけじゃなく考えてもダメだってことなの」

「考えてもだめ？　無理ゲーじゃん」

再び部屋中に悲鳴が飛び交う。怖い、というより合いの手に近い感じになっているのがおかしかった。

「もしもそれやっちゃったらどうなるの」

「白い着物を着た、髪の長い、青白い顔の女に殺されるんだって！」

オーバーにゾンビのような手ぶりでスミレが脅かした。悲鳴を上げる顔はみんな笑っている。

「でもさ、代償の凄惨さではカミソリおっさんの方が上だよね。具体的だし、なにしろおっさんっていうところがキモイ」

「ナツの彼氏のことー？　わあ、ひっどーい」

「まだ三十歳だしおっさんじゃないって！」

これまでとは違う色の悲鳴が上がる。墓穴を掘ったことに気づいたのか、ナツの顔は真っ赤に茹で上がった。

「次、誰が話す？」

アキラが期待に膨らんだ面持ちで投げかける。

その表情が伝染するようにして、みんながみんな誰かが話しだすのを待った。

浮足立った空気のまま沈黙がつづく。

「………………あれ、まさかもうみんなネタ切れ？」

顔を見合わせ、どうぞどうぞと譲り合った挙句、なにもでてこなかった。

「マジで～！　少なすぎるってぇ～」

「百物語なんて夢のまた夢だね」

まばらに溜め息が聞こえる。それでも一時間くらいは楽しめたのだからマシな方だと私は思った。

白けたムードの部屋。時刻を見るとまだ二十時を過ぎたところだ。深夜にしたほうが雰囲気がでるというものだが、そこは誰も言いださなかった。根本的にみんな怖がりなのだ。

会話がバラけ、スマホを手に取る者もいた。

ひとり消化不良気味のスミレだけが口を尖らせて、考え込んでいる。

「ねえ、さっきのカミソリおっさんの話だけどさ、カミソリおっさんってどんな格好なの」

ようやく口を開いたかと思えば、私の話を掘り下げる話題だった。

内心、白けている最中に話をぶり返しても……と思ったがスミレの機嫌を損ねるのも厭だ。仕方なく私は答える。

「グレーの帽子とスーツを着てるらしいよ。コートを着ていたり、サングラスをかけているバージョンもあるらしいけど、どっちにしてもグレーのスーツなのは変わりないみたい」

「どのくらいおっさんなんだろう」

スマホをいじっていたミキが交じる。

「それがね、『カミソリおっさん』って呼ばれてる割に年齢とかはわかんないんだって」

なんで、とアキラ。

「帽子を深く被っているからかもしれないけど、顔がまったくみえないんだって。背格好から男の人だってわかるから、なんとなく『おっさん』ってついたんだと思う。グレーのスーツってなんかおっさんみたいじゃん」

「さすがガラパゴス都市伝説。先住民は詳しいねえ」

「なによガラパゴスって」

笑いが起こった。

心配は無用だったようだ。スミレの思惑通り、まんまと白けたムードは霧散した。

「だってぇ、誰もカミソリおっさんの都市伝説なんて知らないから」

「でもお風呂でだるまさんが転んだをしてはいけないっていう話もあるって言ったじゃんか」

「そもそもでてくる幽霊も全然違うし」

「幽霊だっけ」

「違うけど、なんて言ったらいいの」

それについて少し揉めたが、議論の結果『怪人』ということで落ち着いた。

「七回振り返ると本当にくるんだ？」

認めると四人はなにやらコソコソと話し始めた。

「なに？　なんか企んでない」

「そんなことなーい」

厭な予感がする。大体こんなときはろくなことがない。

五人の中でいじられキャラ的なポジションが私だった。極端なことや乱暴なことをされることはないが、常にいたずらの標的にされた。

いずれも冗談や遊びの範疇なので気にしたこともないが、話題が話題だけに今なにかされるのは厭だ。

「ねえ、お風呂行かない？」

ミキがさも閃いたという顔で提案した。

唐突な提案にすぐに返事ができずにいるとミキは理由を説明する。

「うちのお風呂、別に普通のお風呂なんだけどさすがに五人いっぺんに入るだけ広くはないんだよね。順番に入ってもいいけど、せっかくみんないるんだし大きなお風呂がいいじゃん」

確かに。私はうなずいた。

だが続けて説明した内容こそが本懐だと知る。

「それにさ……やってみたいじゃん。『頭洗っている時に七回振り返る』って」

しまった、と思った。さっきコソコソと話していたのはこれのことだったのだ。

こんなことになるなら話すべきではなかった。とはいえ、私の怪談の持ちネタなんてこれくらいしかない。

なるべくしてこうなったと諦めるしかない。……というのは建前で、本心では私も胸を躍らせていた。

心霊スポットに行くだとか、こっくりさんをやるだとか、ましてカミソリおっさんを呼ぶような真似など普段ならば絶対にしない。だが今日は夏休み最後のお楽しみである。

これだけ仲間が集まっているのであれば、遊びでやってみるのも一興だと思った。

「行こう」

私のひと言で、ミキはバスタオルを取りに飛んでいった。

＊

町の小さな銭湯だった。

ミキの家から歩いて十分ほどのところにあり、ミキもたまに家族で利用するらしい。私は大型のスーパー銭湯などは行ったことがあるものの、昔ながらの小さな銭湯は初めてだった。

少し不安なような、楽しみなような、ふわふわした気分で暖簾をくぐった。

「この札が下駄箱の鍵になるから」

慣れた素振りでミキが説明した。他のメンバーも私と同じようにふわふわして落ち着かない様子だった。どうやらみんな一緒らしい。

番台の老夫に入浴料金を払い、女湯へと進んだ。すだれ張りの床は足の裏に馴染みがよく、気持ちがよかった。ロッカーも初めて見るタイプのもので使い方がわからないのがまた楽しい。

最初こそ面食らったものの、いざ入ってみるとみんなははしゃいだ。

「ここ、小さいけど露天風呂もあるんだよ」

あっという間に裸になり、一番乗りとばかりにミキは浴場に入った。私たちも次々と後

に続く。

全体的に風呂の湯は熱く、水風呂の水は冷たい。

当たり前のことのようだが、スーパー銭湯のそれとは明らかに違うような気がした。

「江戸っ子って熱い風呂にバッと入って、バッとでるっていうじゃん？　だからだよ」

もっともらしくミキが話すが裏打ちはないらしい。

夏休み期間とはいえ平日とあり、客は私たち以外にいなかった。

それに気をよくして初めての銭湯を楽しむ。バラバラになったり、ひとつにまとまったりを繰り返し、いよいよのぼせそうになった。

「そろそろアレ、やろっか」

音頭をとったのはスミレだ。もはやこのまま楽しく終わっても満足だったが、ミキたちはそうではないらしい。嬉々とした様子でこの時を待ってましたと言わんばかりに歓声をあげる。

洗い場に移動し、五人が横一列に座る。

最後のお楽しみということでシャンプーはみんな後回しにしていた。

「じゃあ、私がせーのでカウントするから一緒に振り返ること！」

イエーイ、ととても都市伝説の検証を行うとは思えないテンションの声があがった。

ミキの家から持ってきたシャンプーをひとりずつ横にまわし、髪の毛を泡立てる。

「これって目を閉じてる時だよね」

「うん、そう聞いた」

「じゃあ、みんな目を閉じて」

ミキの号令のまま従う。やがてミキの「い～ち」という声で後ろを振り返る。

「に～い」

心臓が高鳴ってきた。もしも、本当にカミソリおっさんが現れたらどうする？

「さ～ん」

どうやって逃げよう。それとも武器を持って戦えば案外やっつけられるかも。

「よ～ん……」

カウントがやけにゆっくりに感じる。やってはいけないことをやっている興奮で高揚気味だった。いつしか私はなにかが起こることを期待していた。

そして——

「な～な！」

きっちり七回振り返った。もう後戻りはできない。心臓は飛びだしそうなほどにバクバクと脈打っている。

「流していいよー」

ミキの言葉で泡を洗い流し、私たちは顔を見合わせた。

「……生きてる？」

「誰も死んでないよね」

「カミソリおっさんに気づかれなかった？」

「人数多いからいっぺんに対処できないんじゃない」

アキラの言葉に笑いが巻き起こる。

そう、誰も本当にカミソリおっさんがやってくるなんて思っていない。こないことを残念がりながら笑いたいだけだった。

「痛っ……」

ふと首にちくりと走る痛みがあった。触れてみると指先にごく少量だが血が付いている。

「どうしたの？」

「……カミソリおっさんに切られたかも」

四人の視線が集まる中、わずかに付いた血を見せた。

「切ったとこちっちゃ！」

「いやこれニキビ潰しただけじゃん！」

一瞬、神妙な面持ちだった四人だったが、すぐに大笑いに包まれる。私もニキビか、爪で引っ掻いてしまっただけだと思った。痛みもないし、触れてもそれ以上は血が付かない。

だがオチとしては最高だった。

「あっついからもうでようよ」

ナツの言葉に満場一致で賛同し、全員で脱衣所に向かう。浴場と脱衣所はガラス壁で仕切られていてどちらからも丸見えな作りだった。

なにしろ入浴客は私たちだけだったから、中から見える脱衣所は無人だ。

「きゃあ！」

悲鳴がタイルの床や壁に反響しあい、必要以上にうるさく響いた。

悲鳴をあげたのは私だった。

四人は何事かと一斉に私を見た。

「なに？　どうしたのよ急に」

目をこする。いない。

「なんなの？」

「一瞬、男の人が脱衣所から覗いてた気がしたんだけど……」

そこまで言ったところで急激に自信がなくなってくる。

みんなで脱衣所に向かおうと顔を向けた時、帽子にスーツ姿の男がガラスに張り付いてこちらを見ていた気がした。だが今はそんな男などいないし、脱衣所は人の気配もない。

これだけ見事に忽然と消えられては本当にいたかどうか、自分でも怪しく思えた。

七回振り返りをやってしまったがために、意識しすぎていたのだろうか。あれは、不安が映しだした幻影だったのかもしれない。いや、きっとそうだ。

「どこ？　どこから覗いてたの！」

ミキが憤慨しながら訊ねる。アキラたちは咄嗟に後ろを向き、前が見えないような恰好を取った。

「……ごめん、やっぱ気のせいかも」

「本当にここ、年寄りの客が多いからたまにジジイが間違って脱衣所まで入ってくることあるから、あながち気のせいじゃないかもよ」

嫌悪感を纏った悲鳴があがる。確かにそれはたまったものではない。

だが仮にそうだとしたら、私が悲鳴を上げた一瞬で姿を消すほど早く逃げられるだろうか。普通に若い男だとしても逃げる後ろ姿くらいは確認できそうだ。なにしろ、ここから脱衣所は丸見えなのだから。

「ううん、ありがとう。でもやっぱり気のせいだったっぽい。あんなことしたから意識しすぎちゃったのかな」

四人は不安げな表情で互いを見合った。楽しいはずの初銭湯の空気を壊してしまっただろうか。

「気にしないで！　本当に見間違いだったし、ごめんね！　あ、私やっぱりもう一回湯船

に浸かろうかな！」

見得を張ったつもりではないが、あえてオーバーに振舞った。四人も釣られて、湯船に浸かるとお湯が勢いよく溢れ、それもまた笑い声に変わる。

なんとか妙な空気を払拭することに成功したようだった。

銭湯のお湯でぽかぽかになった体が、外のひんやりとした夜気にあたって気持ちいい。

番台で思い思いにジュースやアイスを楽しんだあとなのに、まだ食べたりないとアキラが言った。

「じゃあ、コンビニ寄っていこう」

さんせーい、と全員の声が重なる。

夜のコンビニも五人でくると楽しい。コスメや雑誌などに話の花を咲かせ、これからまだ長い夜に備えてお菓子やジュースを物色した。

「あ、そうだリップないんだっけ」

他の四人がデザート棚で黄色い声を上げる中、私は日用品の棚へ移動した。

リップはすぐに見つかったが、そばの男性用品の棚にふと違和感を覚えた。正体がなにか気になり、半歩戻って棚を見る。

陳列棚の一部がごっそりと品切れになっていた。洗顔料やワックス、デオドラント系の中で不自然にそこだけぽっかりと穴が空いているようだった。

ここ、なにがあったんだろう。

そんなに売れているのは一体何か、気になってプライスカードを覗き込む。

【カミソリ】

ひゅっ、と短く息を吸い込み、固まった。

四列ほど並んだ空の陳列棚には価格と商品名の違うカミソリのプライスカードが並んでいる。それらがひとつ残らず、ない。

無意識に後ずさる。ただの偶然だ、たまたま必要な人がまとめて買っていったのだ。いや、もしかするとどこかの業者かもしれない。

気にするほどのことではないはずだ。

背中に人がぶつかった。注意もせず後ずさったせいで客とぶつかったらしい。

「す、すいませ……」

振り返ると背の高い、グレーのスーツ姿の男の横姿があった。帽子で顔が見えないが、陳列棚を凝視しているように見える。手には山積みのカミソリが入ったコンビニカゴ——

気が付くと私は外に飛びだしていた。

外の寒気がわからないほど動揺し、血が逆流しているような感覚に陥る。

嘘だ、そんなバカなことがあるはずない。

恐る恐る振り返る。コンビニのガラスの奥では四人がまだデザート棚に齧りついていた。外に飛びだした私のことにも気付いていない。

グレーのスーツの男の姿はなかった。

……また見間違い？　そんな……

考えられない。銭湯の件は一瞬だった。自分に気のせいだと言い聞かせるのも容易だったが、今回はどうだ。いや、今回も同じだ。

見たのは一瞬だし、顔も見えなかった。カミソリの棚のそばということもあって無意識にイメージしたのだろうか。バカな。

足がすくみ、体が強張る。くしゃり、と手の中で音がしてハッとした。

リップ、持ってでちゃった！

慌てて手の中のリップを見る。

持っていたのはカミソリだった。

「ひぃっ……！」

反射的に投げ捨てる。なぜ、私の手の中にカミソリが？　棚から取ったのは確かにリップだったはず。

「なにしてんのー？　なにも買わないの」

スミレが入り口から呼びかける。

「ねえ……早く帰ろ」

「え？　なんでよ。まだみんな選んで――」

「帰ろうよ！」

つい大きな声がでてしまった。けれど場を繕う余裕もなく、ただ震えることしかできない。スミレはなにか言いそうになったが、なにも言わずに店内に戻った。

そして残りの三人と共にコンビニからでてきた。

「どうしたのよ、さっきからなんか変だよ」

「……疲れてたのかな。お湯に浸かりすぎたのかも」

「ほんとだ、ちょっと震えてるね。じゃあ早く帰ろっか」

ミキのひと言にみんな賛同してくれた。

私の緊張を察したのだろうか。帰りの道は誰もが言葉少なげだった。

夏休みも残り一週間を切った。

この時期になると散々遊んだ仲間たちとも疎遠になる。その原因はもちろん宿題だ。

長い休みは嬉しいが、これ見よがしに膨大な量を押し付けてくる教師に憎しみを抱く瞬間だった。

特に夏休みの終盤ともなると憎悪のレベルはＭＡＸ。減らない宿題に悪戦苦闘しながらただ夜を過ごす。

もっとも、終盤まで溜めずに真面目にコツコツと消化していればこんな目には遭わないのだが、それは全力で棚上げしておく。

あれ以来、グレーのスーツ男……カミソリおっさん（らしき男）は見ていない。これといって異変もなかった。

二度、カミソリおっさんを見たがどちらも一瞬だった。思い込みが生んだ幻だと信じつづけていると翌日眠るころには気にならなくなっていた。

あれが幻だとすると、自分の小心さに笑えてくる。ありもしないものにそれだけ怯えていたなんて。

だが一方で取るに足らない小さな出来事と思いつつ、不思議なこともあった。

入浴し、頭を洗い終わると必ず首筋から出血しているのだ。銭湯の時と同じく、血の量はごくわずかで指先ですくいとると滲んですぐに消えてしまうほど。

気にするようなことでもないが、ニキビやできものもなければ痛みもない。これがどこから付着したのか首を傾げるばかりだった。

異変が起こりはじめたのは七日目。夏休み最終日の夜だった。

なんとか宿題は終わらせ、家でテレビを観ていた。撮りためていた録画を消化しようと音楽特番を眺めていた。ライブ会場からの中継で、四人組アイドルがステージを所狭しと駆け回り、踊り歌っている。

確実に明日の学校でこれが話題に上るだろう。なんと言ってもあのドラマの主題歌だ。発売前からミキたちとの間でも盛り上がっていた。

ここで少しでも振り付けを覚えておけば少しくらいはマウントを取れるかも。想像すると胸が躍った。特にアキラはこのアイドルのファンクラブ会員でもあるくらいだ。喜ぶに違いない。

齧りつくようにテレビに食い入る。会場の観客席を映したところからアイドルのズームにアングルが切り替わった。

「……あれ」

十秒戻す。観客席の映像。アングル変わる。アイドルの顔。

「なんかおかしいな」

胸に靄がかった居心地の悪さを感じた。自分でもなにが気になっているのかわからない。

だが観客席の映像に引っかかりを感じたのだ。

十秒戻す。観客席の映像。アングル変わる。アイドルの顔。

「もう一回……」

十秒戻す。観客席の映像。アングル――

「ここだ！」

停止ボタンを押した。黒々とした観客たちの頭と一斉にステージに向く視線。誰もが両手を上げ、色とりどりのサイリウムが踊り狂っている。

その中で、目を凝らさなければわからないくらい小さく映った、会場に似つかわしくない姿恰好の男を見つけた。

それを発見できたのは偶然ではない。やはり引っかかりは正しかったのだ。

「うそ……」

カミソリおっさんだった。それも、他の観客の中に紛れているが明らかにひとりだけ体のサイズ比がおかしい。

ひとまわり……いや、ふたまわりほど大きいのだ。

その場にいれば確実に大騒ぎになるであろう巨大な体躯の人間がずっとカメラ目線でこちらを見つめている。まるで私を見ているようだ。

「あっ」

気付けば尻餅をついていた。

静止している映像の中でカミソリおっさんの姿だけが揺らめいている。

……違う、手を振っているのだ。静止した画像の中でただ一人だけ。

「ひいいっ！」

リモコンの電源ボタンを連打する。反応しない。

本体の電源ボタン。消えない。

コンセントを抜く。消えない！

「いやあ！」

力に任せてテレビを倒した。

消えたかどうかはわからないが、少なくとも画面は見えなくなった。

ひっひっ、と過呼吸になり、思うように呼吸ができない。今、見たのは一体なんだ。な

にがどうなった？

「お……お母さん！」

入浴中の母を呼ぶ。父は帰っていない。

「お母さん！」

がくつく膝を拳で叩き、覚束ない足取りでバスルームへ向かった。

シャワーの湯が固まりになって床に落ちる音だ。そのせいで私の声が聞こえない。

バスルームのドアを開ける。母は頭を洗っていた。

「なに？　呼んだ？」

うつむいて頭を揉んでいる母は私が見えず声をかけるのみだった。

私は答えられず、絶句し、立ちすくんだ。

頭を洗っている母の脇にT字カミソリを手に持ったカミソリおっさんが立っていたのだ。

「ぎゃあああ！」

これまで生きてきた中で上げたことのない悲鳴を上げた。絶叫だった。

カミソリおっさんは母には目もくれず、一歩前へ踏みだす。明らかに私を狙っている。

母が狼狽えた声でなにか言っているが聞こえない。私はその場から逃げだし、着の身着のまま外に飛びだした。

どうして？　今までなにもなかったのに！

ぐちゃぐちゃに掻き混ざる思考の中、今日が七日目だという事実に息を呑む。

まさか七回振り返ったら、七日目にくる……とか。

もしもそうだとしたら、私も危ないけどみんなも危険だ。

ミキ、アキラ、ナツ、スミレ……無事だろうか。それとももう――。

烈しく頭を振り、邪念を振り払う。そんなわけない、私が無事なのに。

夜の道をひた走る、ハッハッ、と自分自身の苦しい息遣いだけが耳の奥で鳴っている。

怖い。

まさか、カミソリおっさんなんてデタラメな怪人が本当にいたなんて。

「私を殺しに……？」

都市伝説どおりならば、七回振り返った者は首をカミソリで切られて殺される。実際、カミソリおっさんは手にT字カミソリを……。

T字カミソリでどうやって首を切るの？

乱れた呼吸はぜえはあ、と掠れ、しきりに咳き込んだ。口の中が渇き、喉が張り付く。体中の水分が毛穴から噴きだし、倒れてしまうのではないかと思った。

がむしゃらに走りまくって我に返ると、駅の高架下を走る道にいた。振り返り確認するがカミソリおっさんは追ってきていない。酸素不足でぼーっとする頭で、これからどうするかを必死で考えた。

自分が逃げきることはもちろんだが、ミキたちの身も心配だ。連絡を取りたいが手元にスマホはない。スマホなしで外出するなんてはじめてのことだった。

直接家を訪ねるしか手段はない。

誰の家が一番近いだろう。ミキはここから電車で六つ先だ。財布もなにも持っていない私には無理だ。徒歩でいける距離の者はいないか、思い浮かべた。

アキラの家も遠いし、スミレはそもそも家を知らない。唯一、ナツだけは同じ中学出身だ。少し遠いが家も徒歩圏内だ。

迷っている暇はない、一刻も早くナツと合流して他のみんなに知らせなければ！

私は走った。途中で何度も喉が渇きでめくれそうになりながら、無我夢中で走った。やっとの思いで辿り着き、ナツに会えたがろくに声がでない。ひとまず無事を喜ぶ前に水が欲しいと頼んだ。

「どうしたのよ急に！」

連絡もなしに突然訪れた私にナツは困惑していた。

コップの水をひと息で飲み干し、息を整えてから改めてナツの元気な姿を見つめる。補充したばかりの水分が涙となって零れ落ち、視界が滲んだ。

「よかった……生きてた……」

心から安堵する私とは対照的にナツの困惑は倍加し、それは狼狽えに変わった。

だが、ナツの無事は嬉しいがそれに浸っている余裕はない。他の三人の無事を確かめてほしいと私は懇願する。

訳が分かっていないナツに私はかいつまんで自分の身に起こったこと、カミソリおっさんのことを話した。

ナツは私の話を聞くうち、みるみると青ざめ凍り付いた。

「だからナツ、みんなに連絡してよ！」

「……あんたそれ本気で言ってるの」

ナツは笑おうとしたのか、口元をひくつかせた。だがその表情は笑顔とは程遠い、不自然に歪んだものだった。

ナツの下にカミソリおっさんはきていないと言った。それにほかの三人もきっと大丈夫だとも。確認もせず、根拠のない返答に腹が立った。

「いいから早くしてよ！　ナツは大丈夫でも、他のみんなは大丈夫じゃないかもしれないでしょ！」

「そ、そうじゃなくって……さ」

ナツは言い澱んだ。

その態度に違和感を覚えた。ナツは私から目を逸らし、所在なさげにしている。少しでも目を離すと隠れてしまいそうなほど、おどおどとしていた。

「なによ……なにがそうじゃないの。なんで大丈夫って言いきれるのよ」

「だからそれは……」

厭な予感がした。それ以上は聞かないほうがいいような、不安が胸をざわつかせる。

「あれはちょっとふざけてただけで……」

「なにが？」

「悪気はなかったっていうか、まさかこんなことになるとは思ってなくて」

「だからなにが！」

ナツは黙り込んだ。もはや私の顔など見ていない。

聞きたくない。だが聞かなければどうしようもない。強烈な不安を抑え、深呼吸をすると心を落ち着かせた。

そしてトーンを落とし、改めてナツに訊ねる。

「なにをしたの？」

ナツは目を閉じ、肩を震わせると観念したように「ごめん」とつぶやく。

「私たちは七回振り返っていない」

「…………え？」

咄嗟のことに理解が追いつかない。どういうことだ。

「カミソリおっさんなんて、ふざけた都市伝説……誰も信じてなくて。それでみんなであんただけあれをやらそうってなって」

……あの時のひそひそ話はそれのことだったのか。

「それでミキが七回数えた時、私たちはあんたがひとりで七回振り返るのを見ていた。だから……あれをやったのは」

私だけ。

卒倒しそうだった。頭が真っ白になり、抜け殻のようにふらつく。

つまり私は騙されたのだ。ナツが話した通り、悪気があったわけではない。生来のいじられ気質が招いた悲劇だ。

それもそうだ。一体どこの誰がカミソリおっさんだなんてふざけた都市伝説を真に受けるのか。唯一の誤算は、それが本物の話だったということだ。

真っ青なナツと対面している私も同じく血の気のない顔をしているに違いない。

どんな反応をすべきかわからなかった。怒るのか、赦すのか、泣くのか、笑うのか。

「そう……ああ、じゃあいいか。じゃあね」

答えはでず、虚無のまま私はふらふらとナツの前から立ち去った。

ナツが一、二度私を呼んだが、私は立ち止まらなかった。ナツは追いかけてこなかった。

「じゃあ、私は死ぬってこと？」

笑えてきた。そして、涙が流れた。

ふらつきながら夜の道をあてもなく歩く。なにげなく顔を上げると、ふと電信柱に貼ってあるチラシが目に入った。

『捜さないでください』

いなくなった猫の情報を求めるチラシだった。

内容は猫を捜しているという旨だが、なぜ見出しは『捜さないでください』なのだろうか。単なる誤植か？　そんなことがあるだろうか。

少し歩くとまた貼ってある。今度は違う猫。さらに先へ行ったところにあった町の掲示板にもさらに違う猫の情報を求めるチラシがある。どれも『捜さないでください』との見出しだ。

この辺りはやけに猫がいなくなる場所のようだ。

ふとチラシの猫の写真と自分が重なった。私がいなくなればこんな風に捜されるのだろうか。

「猫と同じ扱いか……」

にゃあ、と鳴く声。

絶妙のタイミングで聞こえた猫の鳴き声に振り返ると、電信柱の陰から猫が覗いている。

「……あれ」

チラシを見た。その写真の猫と酷似している。

「まさか……ね」

涙を拭い、しゃがみ込んだ。無邪気な猫の姿を見て、ほんの少しだが心が和らぐ。

顔だけを電信柱の陰からだしている猫は、もう一度にゃあと鳴いた。

「おいで、ほら」

チッチッ、と舌を鳴らす。猫は無反応だった。

しかし、無反応というにはなにかおかしい。目を凝らして猫を見ると理由がわかった。

顔の高さ……それに角度がおかしいのだ。

まず、猫がこちらを覗き込んでいるにしては妙に低い。地面すれすれだ。だが警戒していると前のめりになるのでそれだけではそれほど妙には思わなかった。

さらに不審さを増していた要因は角度。こちらを見ているのかと思っていたが違う、微妙に顎が上向きで、体勢的におかしなことになっている。

電信柱で隠れた体がどうなっているのか、まったく想像のつかない感じになっていた。

にゃあ

再度鳴き声。それと同時に覗き込んでいた猫の頭上に別の猫の顔がにゅっと現れた。

にゃあ

そのまた上にもう一匹。二匹。三匹……まだ増える。

にゃあ

さらに上に猫の頭は増え続け、九つの頭がにょっきりとこちらを覗いた。異様すぎる光景に凍り付く。

「ひっ……！」

立ち上がり、あとずさる。これは明らかにおかしい。あり得ない高さだった。上のほう

の猫など、普通に考えて浮いているとしか思えない高さだ。

ぼとぼとぼとぼとぼとぼとぼとぼとぼと

私が唖然としていると猫の頭が一斉に地面に落ちた。

そこでやっとそれらが全部猫の頭だけだったと知る。ごろごろと転がった猫の頭がにゃあにゃあと切なげな鳴き声をあげている。

ひと際大きな頭がにゅっと電信柱の陰から現れた。カミソリおっさんだった。

「たす……け……っ！」

声にならないまま、踵を返し全力で駆けた。

絶望感でいっぱいになっていた。私だけだったなんて。

猫の頭。捜し猫。カミソリ――脳裏で変換される死の象徴。これが全部私になるかもしれない。私だけ、死ぬ。

「死にたくない……死にたくないよ……！」

ずっと走ってばかりだったので足が千切れそうに痛い。何度も転んであちこち傷だらけだ。走るのをやめれば私はすぐにでもカミソリおっさんに殺されるに違いない。止まる訳

にはいかなかった。

ナツが住んでいるところは緩やかな坂道で、私は下り坂を走った。

傾斜のせいで思っているより速い。少しでも気を緩めれば派手に転んでしまいそうだった。注意を払いながら下り坂から見えた光を見て希望が差した。

「そうだ！」

人の多いところに行こう。そうすればカミソリおっさんは私だけを狙っていても簡単に追い詰められないかもしれない。それにカミソリおっさんに襲われても周りの人が助けてくれる可能性だって高い。

私だけが狙われているのであればそれを逆手にとってやればいいのだ。

後ろを振り返る。カミソリおっさんはいない。

限界ギリギリの体力を振り絞り、私は走った。

駅前の小さなスーパーに入った。深夜まで営業しているためこの時間でも客は多い。いくら買うものはないがこの辺で一番人が多そうなところはここくらいしかなかった。

カミソリおっさんでもこれだけ人が多いところに堂々と現れはしないはずだ。現れたとしてもこれだけ人と商品で入り組んだ店内ではどうとでも対処できそうだった。

商品棚を物色している振りをしながらゆっくり周回する。カミソリおっさんが現れないか細心の注意を払い、体力の回復を図った。

明るい店内とお気楽なBGM、しつこく来店を感謝する自動アナウンスと虚ろな顔で菓子パンを眺める女性客。

自分が置かれている不安や恐怖とは無関係な空間だった。

これからどうすればいいのか考える。誰かに助けを求めるべきだろうか。だが人外であるカミソリおっさんに対抗しうる手段はあるだろうか。

そもそも相手にされないことだって考えられる。家族でもそうだ。

ナツは信じてくれただろうか。だが他の三人はどうだろう。バカにされて終わりな気がする。

とにかく、この夜を乗り越えなければならないと思った。

明日は学校だ。学校には教師生徒含め相当数の人間がいる。そこでならカミソリおっさ

んの脅威に晒されることはない……と、思う。

でも今夜をどう乗り切れば……。

家に帰れば突然飛びだしたことを咎められ、外にでられなくなるだろう。そうなれば袋のネズミ同然だ。殺されるのを待つしか無くなる。

誰かに相談したいがスマホも財布も持っていない。ここでうろうろしていてもただの時間稼ぎにしかならないだろう。頼れる人間がいなすぎて心細い。

「死ぬのかな……私」

涙が込み上げてきた。先のことがなにも考えられない。死ぬことで頭がいっぱいだった。絶望的だった。

「よお、買い物か」

ドリンクの棚の冷気で頭を冷やしていると不意に声をかけられた。

振り向くと大きなスポーツバッグを肩から掛けたジャージ姿の男がいた。同級生のタスクだった。

「すげえ顔してるぞ」

そう言ってタスクはケラケラと笑う。

タスクはスミレの彼氏だ。これはまさに僥倖というほかない。

「お願いがあるんだけど！」

「なんだよいきなり」

よほど必死の形相をしていたのか、タスクは私の顔を見て困惑気味に一歩引いた。

スミレと連絡を取りたい旨を伝えると、タスクは安心したのか、表情を崩してスマホをだした。

「ああ、スミレ？　あのさ……」

私と偶然会ったことを話し、スマホをこちらに手渡した。

「なんか変だったぞ、スミレ」

ナツに事情を聞いたのだろうか。スミレの異変を聞いても私は驚かなかった。

『あんた大丈夫なの？　なんで家に帰らないのよ！』

「帰ったらもう逃げられない」

『なに言ってんの！　聞いたけど、カミソリおっさんに追いかけられてるとか本気？』

「どうせ信じてないんでしょ、それはいいの。それよりカミソリおっさんを呼んだのが私だけって本当なの」

『本気にするなんて思ってなかったのよ』

「私が死んだらどうする？」

『なに言ってんの？　あんたさあ……夏休みが終わるからってちょっとおかしくなってるんじゃない？　そういえばミキのところに泊まった時も最後おかしかったよね』

それはあんたたちにだまされてカミソリおっさんを呼びだしたからだよ。

言いかけて、やめた。

「ねえ、みんなそうなの？」

『なにがよ』

「ミキもナツもアキラもみんな、私が嘘ついてるって思ってるの」

『そうは言わないよ。でも多分、疲れてるんだよ。だからさ、今日は帰ってゆっくり休んで。明日になれば全部忘れるって』

家には帰れないって言ってるのに、まったく聞いてない。私だけ怖い目に遭っているな

んて、納得がいかなかった。

しかし、それをどのように言葉にすればいいのかわからなかった。

スミレにどうしてほしい、ということもあるわけではない。今日、死ぬかもしれない私が望むのは些細なことなのだ。

「心配かけてごめんね……スミレやみんなの気持ちはよくわかったよ」

『ううん、わかってくれて嬉しいよ。明日、みんなで相談に乗るから』

「うん。じゃあまたあとで」

陳列したドリンク缶を指で叩きながら、退屈を持て余していたタスクにスマホを返す。

「ありがとう。タスクのおかげで助かった」

「ああ、いいよこんくらい」

「それと悪いけど、千円貸してくれない？　家に財布忘れちゃって」

「マジかよ、お前ここスーパーだぜ」

サザエさんかよ、とタスクは笑い、私も笑い返した。

「ありがとう。明日学校で返すね」

「おう、じゃあまた明日な」

「あ、タスク」

スポーツドリンクを一本手に取り、レジへ向かうタスクを呼び止める。私はすぐそばまで近寄り、もうひとつ、ある頼みごとをした。

再びナツの家を訪れた時、時刻はすでに〇時を大きく過ぎていた。深夜の再訪にさすがのナツも迷惑そうだった。だが私が口を開くと、その態度はすぐに一変することになる。

「スミレの家だけわからなくてさ、タスクに聞いたんだよね。あ、駅前のスーパーあるじゃん？　そこでたまたまタスクに会ったんだ。神様っているんだね〜、あんなタイミングでタスクと会えるなんて奇跡だと思ったよ。さっき会った時にも話したと思うんだけど、スマホも財布もないからさタスクに千円借りてさー。電車でミキの家まで行ったんだよね。できればひとりでいてくれたらありがたかったんだけど、やっぱりそんなわけにはいかな

いか。でもさすがミキの家だよね、夜いきなり行ったのに部屋にあげてくれてさ。そのおかげですごいやりやすかった。それよりさ、知ってた？　アキラの家って父子家庭だったんだね！　驚いたよ。そういえばアキラってあんまり自分の話しなかったなーって。家もさ汚かったよー！　やっぱり父ひとり娘ひとりだとなかなか手が回らないのかな。言ってくれればたまには行ってあげたのにね。ああ、これはねアキラから借りたの。仕事で帰るのが遅いみたいだからアキラのお父さんには直接会えなかったから、あとでお礼言わなきゃって思ってるんだけど。でもおかげでなんとか目立たずに移動できたし、いい感じだよね。話は戻るんだけど、スミレだけ家を知らなかったからさーどうしようって思ったんだよー。でもタスクから最後聞くことができたから問題なし！　神様いるよねー。それより聞いて！　スミレの家に行ったらお風呂入ってるところだったんだ。そしたら赤ちゃん抱いたお母さんが玄関にでてね、赤ちゃんってかわいいなあって思ってたら急にスミレのお母さん真っ青になって、閉めようとしたんだよ！　ひどくない？　だからつい、やりすぎちゃった。そんなつもりじゃなかったのに……。思わず私も泣いちゃったよ、でもね、でもね、ミキとかアキラとかスミレは絶対アレだけは外せないなって決めてたけど、逆に

みんな以外の人にはなんにも気にしなくていいじゃん？　その辺は気が楽だったよね。ミキの時と違ってスミレの場合はお母さんとお父さんに気づかれちゃったから、どうしてもなんとかしなきゃなんなかったし不可抗力なところもあるかなって自分では思ってるんだ。その辺ナツはどう？　どう思う？　念のためアキラの家から使えそうな道具を持ってきていた甲斐あったよ～。アキラのお父さん、物作りが趣味なのかな。仕事道具かな。わからないけど工具とかいっぱいあって、すごい便利だったんだよね。こんなおっきいハンマーみたいなのあって、あと先が尖った鉄の棒みたいなのとか。だから大人の男の人でも簡単だった。あ、ちゃんとスミレはこれで片づけたよ！」

興奮していたからか、一気にまくし立ててしまった。一刻も早く誰かに話したかったのだ。

ナツは震えながら私の手に持ったカミソリを見つめた。T字カミソリだ。

「え、こんなのじゃ殺せないだろうって？　そうなんだよ、そうそうその通り。だから全員順序が逆になっちゃって。みんな殺してから首をガリガリしたの。後で気づいたんだけどT字じゃだめだよね。せめてI字じゃないとだめだよね！　でもこんなに薄い刃じゃ

どっちみち無理か。散髪屋さんとかで使うようなしっかりした奴じゃないと。あ、そうだスミレから聞いたんだけどね、あの時銭湯で私だけハメようって最初にいいだしたのって――ナツなんだってね」

グレーの帽子からナツを覗き込んだ。

「カミソリ……おっさん……」

「誰がカミソリおっさんだ！」

ナツの首がぱっくりと割れる。間欠泉のように血が噴き出すものとばかり思っていたが、ダラダラとチョコフォンデュのタワーみたいに血がとめどなく溢れただけだった。

「あー……」

ナツの目がぶるぶると痙攣していた。手は首を押さえ、後ずさった背が玄関のドアに当たってそのままへたり込む。まるで電池で動く犬のおもちゃみたいだった。

「あーあ……」

私は手に持ったT字カミソリを眺めた。また殺すのに使えなかった。

しかも首を切ってしまってはいくらガリガリと削っても意味がない。やってしまった。

明日から学校だというのに、夏休みボケが抜けないな。

私はカミソリから血を滴らせ、坂道を下った。

*

「……っていうお話」

始業式のあと落ち合った、パンがおいしい穴場のカフェ。

そこで私はカミソリおっさんについての創作話を語った。

「わざわざみんな集めて聞かせる話じゃなくない？」

ミキが呆れ顔で生クリームがどっさり載ったカフェオレを啜る。

「全体的に無理がありまくりじゃん。なんでカミソリおっさんがあんたになるわけ」

「それに情緒不安定すぎでしょ～。なんでいきなり逆恨み？」

アキラとナツも次々と苦言を呈する。

「っていうか私たちひどくない？　ひとりだけ騙したりしないよね」

「T字カミソリで首はパックリいかないでしょー！」

呆れた笑いが寂しい。私ひとりだけ孤立しそうだ。

「絶対怖がらせる自信あったんだけどな～」

本音が漏れる。

あの日、ミキの家に泊まって銭湯に行くまでは本当のことだった。そのあとのことを怪談のネタにならないかとでっちあげてみたが、反応はいまいちだった。

「そもそも最終的に大殺戮するっていうのがリアリティないよね」

「そうそう、大人が簡単に殺されすぎ！」

「一晩にそれだけ殺されたら大事件だよね！」

次から次へとダメだしが飛びだし、私は頭を抱えた。

十月の文化祭、私が所属する文芸部では怪談を披露することになっていた。と、言っても私以外の部員は朗読で、創作怪談をするのは私だけ。

せっかく作るのだからとびきり怖い話をと意気込んだのはいいが、早速頭打ちである。

「いけると思ったんだけどな～」

「いや、そもそもカミソリおっさんっていうのがダメでしょ」

「怖くなさすぎる」

「ネーミングがねぇ」

さらに頭を抱え、唸った。

「カミソリおっさんの話、本当なの？」

スミレが笑いながら訊ねた。私は答えのかわりに唸る。

ナツが励ますように私の背中を叩き、アキラはお腹が減ったと言ってパンを買いに行った。

タスクに呼びだされたからといってスミレが席を外し、ミキはスマホゲームに夢中だ。

本格的にもう一度、作り直さなければ。せっかくだからとびきり恐怖を植え付けるような話にしたい。

聞くだけで呪われる話なのでわからないよう脚色した。

カミソリおっさんというネーミングが悪かったのだろうか。それとも持っているのがT字カミソリなのがそもそも無理があったのか。

本当の話は『グレースーツの男を七回振り向いて呼びだしたあと、自分が狂ってみんなを殺す話』だ。元の話はかなり昔の話なので自分なりにとっつきやすくカスタマイズしたつもりだったが、味付けが濃すぎた。再考しなければ。

それに実体験という体にしたのも悪かったのかもしれない。昭和中期の呪いを今の時代に合わせるのは想像以上に難しいようだ。

「まあいいか」

「そうだよ、たかだか文化祭のだしものなんだから。そこまで思い詰めないでいいよ」

ナツが優しく言った。

「ありがと」

私はそう言ってナツの顔を見つめた。なんだか申し訳ないな。

こんなに優しい友達なのに。

カミソリおっさんは正式な呼び名ではないし、呼びだす方法も違う。鏡の前で七回振り返るだけだ。頭を洗っている最中に改変したのは、全員には当てはまらないにせよ浴室には大体鏡はあるもの。十人聞けば六、七人くらいは条件にかなうだろうと思ってのこと

だった。この話を私しか知らないのも当然で、原形をとどめないほどに脚色したうえ、基本的に一族以外の者に聞かせてはいけない忌み話だからだ。

しかし初めての試みなので、ちゃんと呪われてくれるだろうか。カスタマイズすると効力が薄くなるかもしれない。本来、この忌み話は、聞くだけで即死するくらい強力なものだ。

聞いた人間はみんな死ぬ。

つまり、ナツたち四人はたった今呪われた……はずだが、やはり即死、とはいかないみたいだ。

「なんでそんなことしたの？」

「えっ……」

ナツの問いかけに心臓を鷲摑みにされた気分だった。まさか、見透かされていたのか。

「さっきのお話で、なんで最後にみんな殺しちゃったの」

「あ、ああ……それはみんな呪われていたからだよ」

「わあ、唐突～」

ナツは笑う。だがこれが真理だ。

「それってどんな呪い？」

「ええっとね……なんだったかな、忘れちゃった」

「自分で作った話じゃん！　しっかりしてよ～」

ナツの肩越しにグレーのスーツの男が見えた。よかった。無事、ナツは呪われたようだ。

彼女たちに語ったのは都市伝説や伝承、怪談を組み合わせた話だ。複数の怪異譚を組み合わせてまったく新しい怪談を創作して聞かせる。

私の家系ではこれを【忌み話】と呼び、呪詛の極みとしている。忌み話と呼ばれているだけあって、一族ではこれを嫌っている。

残念ながら血を継いだ人間しかこの呪詛は完遂しない。つまり現状、私しかできないということだ。

しかし、『頭を洗っている最中振り返ってはならない』という都市伝説は【だるまさんが転んだ】として語られているし、『スーツの男』は【スレンダーマン】に変容した。

『カミソリで殺される』などは元は【切り裂きジャック】がルーツだ。切り裂きジャック？

と思うかもしれないが、これは最も古い都市伝説。『落ちる猫の頭』なんかは【猫又】における九つの命を参考にした。しかし、『話の中でもちゃんと呪いを成就させる』これが一番強引だったと反省している。もっとうまく【猿夢】を混ぜ込まなければ。それでも五つの怪異譚を織り交ぜているので一応条件はクリアしているはずだ。

忌み話は『五つの怪異譚を一度に聞かせる』ことが必須なのだ。

祖母や母親から『絶対にしてはならない呪詛』として聞かされていたが理解できない。

人が死ぬ話なんて、ワクワクしないはずがない。

だが軽率にこの呪詛を多用するわけにはいかない。私の周りでたくさんの人間が幾度となく死ねば、ただじゃいられない。

だから今回だけは特別。怪談で人を殺す実験。

四人とも死ぬかなあ。死んでくれたら自信つくのに。

あー、早く十月がこないかな。

黄雨女

三津田信三

誰かの死に立ち会う。または遭遇する。

遺体と対面する。もしくは発見してしまう。

そんな経験を現代人がするのは、近親者を見送るときくらいかもしれない。まして見ず知らずの他人の死に関わることなど、そういう職業に就いている人を除けば、きっと一生に一度あるかないかだろう。

僕がはじめて人の死に接したのは、高校一年のときである。それまで身内に不幸はなく、人の亡骸を目にするのは、もっぱら映画かテレビの虚構の中だけだった。

当時、電車通学していたN高校は、結構な田舎にあった。最寄り駅から学校までの途中、両側を田圃に挟まれた舗装路を歩く必要があり、夏は日照りに、冬は寒風に難儀したものだ。民家もぽつんぽつんと建っているだけで、とにかく見通しだけは良い通学路だった。

近くの幹線道路から二車線の道が真っ直ぐ延びた先に、N高校は建っていた。道は高校

を過ぎると直角に曲がっており、そこまでの何百メートルかは一直線で、確か信号もなかったと記憶している。

季節はいつか忘れたが、ある土曜の昼下がり、僕は数人の友達と下校していた。誰かが「お好み焼きでも食べへんか」と言い出し、皆が賛成したのはよく覚えている。

学校の前から延びる歩道を進んで、それが田圃の舗装路と交わる手前に差しかかるまでは、いつも通りだった。しかし、そこで十数人の生徒が固まって騒いでいた。辺りには尋常ではない空気が流れ、とても重苦しい気配に満ちている。

「どうしたん」

知り合いがいたので、近づいて尋ねようとして、とんでもない光景が目に入った。その瞬間、僕は生まれてはじめて味わう衝撃を受けていた。

二車線の道路と田圃の舗装路が直角に交わった内側、二つの道より二メートルほど下に広がる田圃の端に、ブレザー姿の女子生徒が、ごろんと俯せに転がっている。その数メートル先の田圃の直中には、学ラン姿の男子生徒が倒れていた。さらに数メートル先の田圃の端に、同じく学ラン姿の男子生徒が横たわり、その側に一台の車が停まっていて……と

いう起きたばかりの惨事の生々しい眺めを、いきなり僕は目の当たりにしたのである。

　事故を目撃した生徒の話によると、直線道路を高校の方向から、一台の車がジグザグ運転で暴走してきた。歩道には帰宅途中の生徒がいたので、女子の中には悲鳴を上げる者もいた。しかし車は暴走を止めるどころか、女子生徒の反応を楽しむかのように、歩道に近づいては離れるという危険なジグザグ運転を繰り返した。

　そうやって暴走車が歩道に近づいた、何度目かのときである。車が歩道側から戻れずに、そのまま生徒たちの列に突っ込んだ。のちに判明した原因は、ジグザグ運転によるハンドル操作のミスだった。

　歩道にいた生徒たちを撥ねた車は田圃に落ち、弧を描くように走ってから停まった。一人目の女子生徒と二人目の男子生徒、それに三人目の男子生徒を線で繋ぐと、ちょうど田圃に落ちてからの車の軌跡が分かるほど、現場の光景は痛ましかった。一人目と二人目は撥ね飛ばされたが、三人目は田圃の中を引き摺られているため余計である。

　運転していたのは十九歳の男で、あろうことか無免許だった。そいつは車から降ろされ、殺気立った二年生の男子生徒たちに取り囲まれていた。亡くなった三人は、全員が二年生

だったからだ。

だが、この酷い事故を起こした運転手よりも、田圃に散らばった三人の遺体に、僕の目は釘づけになった。何よりもショックだったのは、亡くなった方には大変失礼な表現になるが、遺体が「もの」にしか映らなかったことだ。死んでいるのだから当然だが、それまで頭でしか理解できていなかった不変の真実を、このとき僕は生まれてはじめて実感したのだと思う。

もっともそんな風に考えられるようになったのは、もっとあとだった。この事故に出会した直後は、それどころではなかった。もう少し早く帰っていれば、自分が目撃者になっていたかもしれない。さらに早く帰っていれば、自分たちが轢かれていた懼れもある。そういう恐怖に、あの場にいた誰もが囚われた。

事故後の月曜日、高校では追悼集会が行なわれたはずだが、あまり覚えていない。それよりも印象的な出来事があったせいだ。

無免許で車を暴走させた未成年者は、N高校の風紀係の男性教師が他校に勤務していたときの教え子で、たまに会いに来ていたことが判明した。しかも耳を疑ったのは、その

教　師は教え子が来るたびに、なんと煙草を渡していたという。

教師と教え子、二人にそれ以外の関係があったのかは知らない。だが、右記の事実だけでも充分に問題だった。

二年生の一部の生徒が放送室に侵入して校内放送を使い、体育館に集まって欲しいと全校生徒に呼びかける騒ぎとなった。そこで件の教師を糾弾しようというわけである。この突然の集会は、途中から学校も認める形で開かれた。そうしないと学校側の面子が丸潰れだったからだろう。

この展開に興味を持たれた読者には申し訳ないが、どのように集会が進行し、そこで何が起きたのか、実はほとんど覚えていない。それほど劇的なことなど何もなかったせいか。三人の命を奪った未成年者に、どんな処罰が下ったのかも記憶にないが、問題の男性　教師が、その後も同校で勤務を続けたことは確かである。

事故から少し経ったころ、二車線の道路の歩道の際に、供養碑が建てられた。そこは田圃の舗装路が交わる箇所から、高校とは逆方向に数メートル進んだ所だった。三人の遺体が散らばっていたため、そういう場所になったのかもしれない。

多くの生徒と教師が、毎朝この碑にお参りをした。下校時に再び冥福を祈る者もいた。この風景を何も知らない第三者が目にすれば、随分と不思議な「寄り道」に映ったことだろう。だが、少なくとも僕らの学年が卒業するまで、この寄り道は続いた。

事故から何日後だったか、あるいは何ヵ月後だったか、はっきりとした日付は不明だが、ある日の夕方、クラブ活動を終えたAが、友達と二人で下校していた。彼らの前には知り合いの男子生徒の二人連れがおり、さらに前には一組のカップルが歩いていた。

Aが友達と喋りながら、二車線道路の歩道を進んでいると、前を歩いていたはずの二人連れの男子生徒と、ぶつかりそうになった。

「お前ら、何してんねん」

その場に佇む彼らに、Aが不審げに訊くと、

「……おったよな」

そのうちの一人が、そう言って進行方向を指差した。

何気にAが目を向けると、さっきまで歩いていたはずのカップルがいない。とっさに周囲を見回したが、何処にも二人の姿が見えない。

辺りは非常に見通しが良く、わずか数分で姿を隠すことなど絶対にできない場所である。しかも消えたのは一人ではなく二人なのだ。

四人が立ち竦んでいたのは、ちょうど田圃の舗装路へと折れる手前だった。あの事故で車が歩道に突っ込んだ地点に、とても近かったという。

次の体験談は、僕が二年生か三年生のときに聞いた。そのため事故から一年以上は経っていたはずである。

ある夜、Bはバイクを走らせていた。特に行く当てがあったわけではなく、ただ単車を飛ばしていた。そうやって深夜の道路を走っているうちに、信号や車に邪魔されずに、思いっ切り爆走したいという衝動を覚えた。

とっさに浮かんだのが、N高校前の直線道路である。もちろん過去の悲惨な事故を忘れたわけではない。とはいえ生徒たちの通学を除けば、そもそも人通りのない道のうえ、今は深夜である。通行人など皆無に違いない。

幹線道路を走っていたBは、そこから問題の直線道路へ向かった。そして目当ての道に入るや否や、一気にスピードを上げてバイクを飛ばした。

予想通り一台の車も、一人の通行人もいない。走っているのは彼のバイクだけである。

その気持ち良さといったら――。

そのとき歩道から、急に人影が飛び出してきた。

慌ててブレーキをかけて、なんとか転倒せずにバイクを停めてから、Bは焦って振り返った。

……誰もいない。

街灯に照らされた道路が、真っ直ぐ延びているだけである。

そんな……。

人影が出てきたと思しき辺りまで戻ると、そこに供養碑があった。

「あんときほど、ぞっとしたことはないなぁ……」

自らの体験を語るとき、いつもBはそう言って締め括った。

この高校時代の話を、歳のころ四十半ばの女性占い師に僕がしたのは、今（二〇一五）から十八年ほど前である。季節は失念したが、朝から雨が降りそうで一向に降らない鬱々とした曇天の日だったことは、よく覚えている。

　そのころ僕は某月刊誌の編集者で、メイン特集に占星術の企画を立てていた。そのため大学の天文学者から市井の占い師まで、様々な職業と立場の人に取材をしている最中だった。

　この取材で僕が考慮したのは、相手が占星術を信じているのか、または信じていないのか、という点である。占星術を取り上げるとはいえ、端から肯定した特集をするつもりはなかった。あくまでも客観的な観点に立ち、人気が廃れることのない星占いというものを考察する企画だった。

　ところが、いざ取材をはじめてみると、会って話を聞く相手は占星術師のほうが多くなった。こちらの質問に本音で答えてくれる人に、なかなか出会えなかったからだ。名前も顔も出さないとはいえ、向こうの商売について根掘り葉掘り尋ねるのだから、当たり前と言えばそうなのかもしれない。

　そうやって取材する中で、どの占い師も絶対に断っていると答えた、顧客からの質問が二つあった。

　一つはギャンブルの勝敗について。

もう一つは顧客自身の死期について。

前者を尋ねる客は結構いるが、後者もいないことはないという。だが、どちらも決して受けつけない。あまり取材に乗り気でない占い師でさえも、この件については「きっぱり断る」と明言したほどだ。

しかし、そんな占星術師たちの中で、前者は相手にしないが、後者は「お客さんに理由を訊いて、それが納得できるものだったら応じるわよ」と言った人がいた。それが先述した女性で、東洋占星術を専門にしている占い師だった。

ただし、彼女を説き伏せられるだけの理由を持った顧客は、この商売を二十年近くやってきた中で、たった二人しかいなかったという。しかも、そのうちの一人は彼女の説得を受け入れ、後者の質問を取り消したらしい。

「あとの一人には、ご本人の死期を占って教えたのですか」

そう僕が尋ねると、「ええ」と彼女は躊躇わずに答えた。

「どんな理由で、その人は自分の死期を知りたかったのでしょう」

「それは教えられないわ」

顧客のプライバシーに関わるためか、はっきり断られた。だが、すでに僕の興味は、占星術師たちが受ける顧客の質問内容から、彼女自身に移っていた。

この女性占い師は、理由の如何を問うとはいえ、なぜ自分の死期を知りたがる客の願いに応じるのか。

もし良ければ教えてもらいたいと頼むと、本稿の冒頭に書いたような話題になったので、僕は高校時代の話をした。生まれてはじめて遭遇した人の死について、その当時どう感じたかも含めて包み隠さずに喋った。

このとき僕らがいたのは、都内の某繁華街の雑居ビルの上階だった。そのフロアは本来イベント会場用に造られたらしく、小さなキッチンと洗面所を除けば何もない空間だった。そこに数人の占い師たちが、それぞれブースで囲った店を出していた。占いの種類も手相や人相から、タロット、風水、四柱推命、水晶、姓名判断、そして占星術まで様々だった。顧客は自らの好みに応じて、店を選べるようになっている。そういう場だった。

彼女は一言も口を挟まずに、僕の話を聞き終わると、

「ここじゃ分からないわね。ちょっと待ってて」

そんな謎の言葉を残して、すっと席を立ってしまった。

呆気にとられたが、こうなると待つしかない。独りになったとたん、ぼそぼそと他のブースから漏れる占い師や客の声が、急に気になり出した。話の内容までは聞き取れないが、その断片が嫌でも耳につく。まるで中途半端に盗み聞きをしているようで、どうにも落ち着かない。

それにしても彼女は、いったい何処へ行ったのか。ここでは分からないとは、どういう意味なのか。別の場所に行けば、その何かが分かるのか。

僕が首を捻っていると、彼女が戻ってきた。洗面所に立つよりも短いくらいの時間しか、席を外していなかったことになる。これで益々謎が深まったのだが、追い討ちをかけるように彼女が呟いた。

「多分、大丈夫でしょ」

そこから何の説明もないまま、彼女は突然、大学生のときの気味の悪い体験を語りはじめた。正確には本人のというより、彼女が一年生のときに付き合っていた彼氏の体験になるのだが……。

それを以下に再現したいと思う。なお語りの中に出てくる名称は、すべて仮名であることをお断りしておく。

*

二十数年前の、私が大学生だったときの話なの。

大学名は……いいか。それほど賢くもなく、それほど莫迦でもないレベルの学校と思ってちょうだい。

入学して結構すぐに彼氏ができた。お互い地方から出て来たばかりで、どっちもはじめての独り暮らしだから色々と不安もあって、急速に接近したって感じかな。

でもね、一線を越えるような関係には、まだなってなかった。二人とも初だったというか、真面目だったというか、今から考えると微笑ましいような、なんともじれったいような、そんな仲だったわ。

お互いのアパートは大学を挟んで、まったく逆方向にあった。それぞれ大学まで徒歩で

十数分の距離だから、通学には便利なんだけど、いったん帰宅してしまうと、相手の所まで二十五分くらいかかるのね。だから最後の講義が終わったあと、学内で待ち合わせをして、そのまま片方のアパートに行くことが多かった。学部は違ってたけど、まだ二人とも一年生だったから、夕方まで結構びっしり講義が詰まってて、どっちかが長く待つ必要も、そんなになかったのよ。

当初は代わり番こに、その日に行くアパートを決めてたの。でも、そのうち彼がこっちの部屋に来ることが増え出した。いつ行っても彼の部屋が散らかってて、私が片づけても、すぐに元に戻るからって理由もあったけど、一番の原因は「黄雨女」って名づけた女のせいだった。

黄色い雨の女と書いて、「きうめ」っていうの。私が勝手に考えた名称だから、聞き覚えがなくて当たり前よ。

鬼雨って知ってる？

鬼の雨と書いて、物凄い量の雨が降ること。この場合の「鬼」って、程度が並外れてることを指す言葉なわけ。

同じ「きう」という読みでも、祈る雨の祈雨だと雨乞いのことで、喜ぶ雨の喜雨だと日照りが長く続いたあとで降る雨になる。

別に私が物知りなんじゃなくて、子供のころにお祖母ちゃんに教えてもらっただけよ。

それが頭にあったんで、その女にそんな名前をつけたんだと思う。

その女……。

サトルが女の話を最初にしたのは、六月に入って少し経ったころだった。あっ、サトルって彼氏の名前ね。

「今朝、大学に来る途中で、なんや変な女がおった」

いつものように待ち合わせて、私のアパートに向かう道すがら、急に思い出したようにサトルが言った。

「どんな人？」

私は普通に尋ねた。きっと彼の返答を聞いても、「へぇ、ほんとに可笑しな人ね」ですむと、このときは思ってたから。

ちなみに私はお国言葉を出さないようにしてたけど、関西出身の彼は少しも気にしてな

かったな。

　それでサトルによると、雨用の帽子を被って、レインコートを着て、長靴を履いて、傘まで持っとるんや」

　という確かに妙な人だった。

「今日は晴れてたけど、曇り時々雨の予報でもあったのかな」

「それにしても大仰やろ。まるで台風に備えとるみたいやったからな」

「梅雨入りは……」

「まだやろ」

「気の早い人とか」

「なんにしろ、あんな格好しとったら、暑うて堪らんで」

「いくつくらい」

「ちらっとしか見んかったんで、よう分からん。でも、若うはなかった」

「心配性のお婆ちゃんかな」

そんな風に考えたのは、実家の近くのお婆さんで、私が高校の三年ごろから、少しずつ惚けはじめた人がいたからなの。その人は夏でも冬物を纏ったりと、季節に関係なく服を着るようになってね。

だからサトルの見た女性も、それに近いんじゃないかって思った。とはいえ「惚け老人」って言い方は酷いから、ちょっと婉曲に表現したわけ。

でも、彼には通じたみたいで、

「婆さんには見えんかったな。せやから惚けとるわけやないやろ」

「だとしたら、ちょっと変ね」

「そうやろ」

サトルは意味あり気に頷くと、

「なんせ頭の天辺から爪先まで、全部が黄色やねんからな」

そう説明して私を驚かせた。肝心なことを最後まで喋らずに、こっちの反応を楽しむところが彼にはあったのよ。

「なんか気持ち悪い」

私が不安そうな素振りを見せると、

「せやろ」

とたんにサトルは、肝試しで友達を脅かして喜ぶ子供のような声を上げた。

「その人は歩いてたの」

「いいや。俺のアパートと大学の中間に、川沿いの道があるやろ。あの側に、ただ立っとった」

「川側に？」

「そう言えば、ガードレールの切れ目におったな」

川っていっても自然のものじゃなくて、コンクリートで造られた水路のことね。普段はあまり水がないけど、大雨や台風のときは一気に増えて、それが大通り下の暗渠へと流れる。そういう仕組みのやつ。

それがね、そこの水路は川底まで三メートル近くはあるのに、ガードレールが途切れ途切れにしかないのよ。はじめて通ったとき、だから少し怖かった。その道の川側は、できれば歩きたくないって思ったくらい。

そんな所の、よりによってガードレールの切れ目に立ってたなんて、それだけでも変でしょ。おまけに晴れてるのに雨支度をして、すべてが黄色っていうんだから、どう考えても普通じゃないよね。

「ちょっと可怪しい人かも」

私が頭を指差すと、サトルは頷きながらも、もう興味をなくしたのか他の話題を口にした。黄色尽くめの奇妙な雨女の話は、そこで終わってしまったの。

だから数日後、「また黄色女を見た」ってサトルが言ったときも、「ふーん」って私は気のない返事をした。何処の土地にも一人くらいはいる、変な言動はするけど害のない人物――っていう認識を、その女にもしたからでしょう。

ところが、さらに数日後、サトルがとても疲れた表情で、

「いやぁ、あの女には参った」

落ち合うなり、そんな弱音を吐いたのでびっくりした。

「あの女って、まさか……」

「例の黄色女のこと、覚えてるやろ」

「また見たの」

彼は頷いたけど、その様子が気になってね。あの女との間に何かあったって、すぐに分かった。

「どうしたの？　向こうから話しかけてきたとか」

「いいや。何も喋っとらんし、例の場所から動きもせんかった。ただ川の側に、ぼうっと突っ立っとっただけや」

サトルは否定した。それで私が困惑してたら、

「目がな、合うたんや」

とても深刻そうに言ったので、もう拍子抜けしてね。

どんな人でも擦れ違うときって、目くらい合うでしょ。まして相手は、毎朝でも同じ場所に佇み兼ねない変な人なわけなんだから、自分の側を通る者を、じろじろと眺めても不思議じゃない。

でもね、本当に彼が参ってるみたいだったので、私は心配になっただけじゃなく、好奇心も覚えてしまった。

「睨まれたの」

そう訊くと、サトルは首を振った。

「あの女がおると分かって、ちらちら見ながら歩いてたら、急にこっちを向きよったんや。それから俺が通り過ぎるまで、ずーっと視線を逸らさんまんま、まったくの無表情で見詰め続けられたわ」

「サトルも」

「ああ。目を背けたかったけど、どうしてもできん。それどころか下手したらその場に立ち止まって、あの女と見詰め合うてしまいそうで、通り過ぎるんが精一杯やった」

彼の説明で状況は理解できたけど、正直それだけなのって呆れた。確かに同じ体験をすれば、いい気持ちはしない。だからといって、夕方まで引き摺るほどのことかな。

そんな私の思いが、どうやら顔に出たらしくて、

「あの女の目ぇは……、実際に見んと絶対に分からん」

サトルが半分は拗ねた感じで、もう半分は怯えたように言った。それでまた心配になったの。決して怖がりでもない彼が、ここまで気にするのはよっぽどだって。

「真っ白に厚化粧した顔の中で、二つの目ぇだけが、ぎょろっと見開いとってな。あそこまで化粧が濃かったら、口紅をつけた唇なんかも目立つはずやのに、目ぇだけが突出しとるんや。その目も、両方の黒目がやたら大きゅうて、ほとんど白目の部分がないような……なんとも気色の悪い目ぇでな。凝っと見とったら、まるで吸い込まれる感じがして、ぞっとした。その目がな、ずっと朝から頭を離れへん。講義に集中しようにも、目の前にあの黒目が浮かぶし、目蓋を閉じても同じなんや」

「妖怪みたいね」

それでも私は、冗談っぽく返した。そこから少し考えて「黄雨女」って名前を、その女につけたの。正体不明のものが怖いのは、それに名称がないからっていう理由もあるでしょ。だからわざと妖怪みたいな呼び名をつけて、できるだけサトルの気を楽にしようとしたのね。

「妖怪、黄雨女かぁ」

サトルは口に出してみて、ちょっと恥ずかしそうに苦笑した。怖がってる自分が、きっと滑稽に感じられたんじゃないかな。つまり私の思惑が当たったわけね。

翌日、一緒にお昼を食べてたとき、

「雨妖怪の癖に、雨が降っとらん今朝も、また黄雨女が出よったで」

そんな風に彼が軽口を叩いたんで、もう大丈夫かなって思った。

「目は合った？」

けど、まだ少し心配だったので訊いてみたら、

「いいや。おるなって気づいてから、そっちは見んようにした。ああいう手合いは、とにかく構わんことや」

そう答えながらもサトルは、やっぱり気にしてるようなの。

でもね、そこで私があんまり慰めると逆効果かもしれないって考えて、彼に調子を合わせるだけにした。

その日は、お互いのアパートに独りで帰ったので、翌日のお昼にまた会ったら、

「あの黄雨女やけど、なんと帰り道にもおったんや」

昨日の夕方、例の水路に黄雨女がいたっていうの。それまでは朝しか見かけなかったのに、いつもと同じ場所に佇んで、サトルが気づくよりも先に、彼を見つけて凝視していた

ようだっていうのよ。まったくの無表情で。

さすがに気味悪くなって、サトルは途中からわざわざ別の道に入って、少し遠回りして帰ったって。

「なんや俺を待ってたような感じがして、もう気色悪かった」

この日からね。大学が終わると二人で、私のアパートに行くようになったのは。彼が自分のアパートへ帰る夜には、もう黄雨女もいなかった。つまり朝だけ我慢すればいいと、彼は思ったのね。

それから数日後の夕方、いつも通り二人で落ち合うはずだったのに、いくら待っても彼が来ないの。

サトルの学部まで行って、顔見知りの彼の友達に尋ねたら、

「あいつ、今日はサボったみたい」

そう言われて、びっくりした。講義には出なくても、私との待ち合わせには絶対に来たからね。別に惚気てるわけじゃないのよ。彼らしくないってこと。

だから私、サトルのアパートに行ったの。酷い風邪でもひいて、寝込んでるんじゃない

かと思って。

けれど彼ね、普通に起きてたわ。確かに顔色は少し悪かったけど、あとは元気なものだったの。

「もう、心配したじゃない」

部屋に上がって、病気でも何でもないと分かったとたん、私は怒った。

「どうして大学に来なかったの」

するとサトルが、すっと視線を外しながらぶっきら棒に、

「……別に、なんとなく」

その様子を見て、何か隠してるなって気づいた。私の勘が良いというより、彼の反応が分かり易かったのね。

「何があったの。話して」

「なんもない」

「お願いだから、ちゃんと教えて」

しばらく押し問答のような状態が続いてから、ぼそっとサトルが呟いた。

「どうせ信じんよ」

その投げやりな口調に、なぜか私はぞくっとした。彼の話を聞いてはいけない気が、急にし出したの。

けどさ、今になって「そうなの」って引き下がれないでしょ。第一それじゃ彼を見離すことになるしね。

「とにかく話してみて」

だから私は、その一点張りだった。それも強要するんじゃなくて、あくまでも相談に乗りたいって態度でね。

そのうちサトルも根負けしたのか、ぽつぽつと喋りはじめたんだけど、確かにちょっと信じられないような話だった。

その日の朝、サトルは一時間目の講義に出席するために、いつもより早めにアパートを出た。水路沿いの道は避けて、別のルートから大学に行こうとしたらしいの。遠回りになるけど、例の女に会うよりは増しだものね。

ところが、その道の途中に建つ電柱の陰に、黄雨女がいたのよ。まるで彼が別の道を選

ぶことを見越して、ちゃんと待ち伏せしていたかのように、ぬっと佇んでいたらしいの。

慌てて引き返したサトルは、さらに遠回りをして大学へ向かった。でも、しばらく歩くと前方に、またしても黄雨女の姿が見えてきて……。

そんなことが四回もあって、怖くなった彼は結局アパートまで戻った……という気味の悪い話だった。

サトルが不安がったように、正直ちょっと信じられない気持ちになった。黄雨女が彼に付き纏ったことがじゃなくて、そんなに都合良く彼の先回りができるのかなって疑ったわけよ。

それが顔に出たのか、

「やっぱりな。信じてへんやないか」

たちまちサトルが臍を曲げてね。それで私も慌てて、黄雨女の神出鬼没さを問題にしたら、

「そうやねん。どう考えても変やろ」

とたんに彼の顔色が変わって、目に見えて怯え出した。失敗したなって後悔したけど、

もう遅かった。

「上手く先回りできたのは、ほんとにたまたまだったとか……」

急いで取り繕ったけど、もちろんサトルには通じなかったし、私自身も偶然だなんて思えなかった。そういうのって、どうしても相手に伝わるものでしょ。それで益々サトルの態度が硬化してね。

私は途方に暮れかけたけど、そこで妙案が浮かんだ。

「溝口さんに、黄雨女のこと訊いてみたらどう？」

溝口っていうのは大学の四年生で、サトルの学部の先輩だった。彼のアパートの近くに下宿してたので、私も一度だけ遊びに行ったことがある。面倒見の良い人だから、きっと相談に乗ってくれるはずだって考えたの。

この提案にはサトルも賛成したので、すぐに二人で訪ねて事情を話したら、

「へぇー」

溝口さんが感心したような素振りで、びっくりするような台詞を吐いた。

「あの雨女って、ほんとにいたのか」

もう二人とも驚いてさ。どういうことかって尋ねたら、

「俺が一年生のとき、クラブの先輩から聞いた話で――」

そう断ってから彼は、次のような話をしてくれた。

黄色の雨具を全身に纏った初老の女が、この辺りでは季節と天気を問わずに出没する。ただし立っているだけで一言も喋らないし、通行人に悪さをすることもない。しかし時折、急に誰かを凝視する場合がある。そういうときは、絶対に目を合わせてはならない。知らぬ振りをして、その場をすぐに立ち去る必要がある。そうしないと、とんでもない目に遭わされる。

「そんな……」

ここでサトルが悲痛な声を上げたので、私が掻い摘んで彼の体験を溝口さんに話したら、先輩は急に笑い出して、

「まぁ続きを聞け。この雨女という奴は、一種の都市伝説みたいなものだ。つまり実害なんかないのさ。目を合わせたのが我が大学の学生なら、留年するとか、卒業できんとか、そういう落ちになるんだよ」

「留年……ですか」

サトルは拍子抜けしたように見えた。

「それが本当なら、立派に害はあるわけだけど、もちろん嘘というか、ただの噂というか、まぁ都市伝説の類なわけだ」

「で、でも……」

「お前は、その雨女を見たんだよな。それで実在してたのかって、俺も驚いたわけだけど、だからといって気にする存在じゃないだろ。留年や卒業できんのは勘弁だけどさ、本気にするのはどうかと思うぞ」

「……そうですよね」

溝口さんにはっきり諭されて、サトルも少し落ち着いたようだった。だから私も気兼ねなく訊けたの。

「その女性って、一体どういう人なんですか」

「俺が先輩から聞いたのは、ある大雨の日に、苛められていた姑に家を追い出されたとか、雨でスリップした車に旦那が轢かれて死んだとか、水路に子供が落ちて行方不明になった

とか、旦那の浮気相手に家を乗っ取られたとか――そういうショックな出来事があって、そのせいで頭が可怪しくなり、以来そんな格好で近所を徘徊するようになった女……という話だった」

「つまり、この辺りに住んでいる人なんですね」

「多分な。とはいえ、今もいるとは限らんだろ」

「どうしてです？」

「俺をはじめ、ここ数年のうちに、肝心の女を見たって奴がいないからさ。そういう女が実際この辺りに住んでいて、何かとても辛い目に遭って、それで心を病んだのは事実かもしれない。ただ、そのあと入院したとか、引っ越したとかで、この町からいなくなったんじゃないか」

「……それが戻って来た」

ぽつりと呟くように、サトルが口にした。

「うん。その姿をお前が目撃した。向こうがお前に反応したのは、……旦那や子供に少し似ていたからとか、そんな他愛のない理由だと思うぞ」

溝口さんが口籠ったのは、「死んだ旦那や子供」と言いかけて止めたからだと、私には分かった。でも幸いサトルは気づいていないらしく、彼の解釈をすんなり受け入れているようだった。

「そうは言っても、そんな女に関わりたくないのは、誰しも同じだからな」

しばらく溝口さんは考えていたが、ぱっと閃いたとでもいう様子で、

「俺の友達で、自転車を売りたがってる奴がいる。安くさせるから、それを買って、自転車通学にしたらどうだ」

サトルはとても乗り気になり、私も賛成したので、その夜のうちに自転車の売買まですませたわ。

買ったばかりの自転車の後ろに私を乗せて、彼はアパートまで送ってくれた。これぞ青春の一齣よねぇ。

翌日からサトルは、予定通り自転車通学をはじめた。行く手に黄雨女が見えると、別の道へ迂回する。でも、そのうち側を突っ切るようになった。向こうも道の真ん中に出て、立ち塞がるような真似まではしなかったからね。もちろん黄雨女は彼が通り過ぎるまで、

ひたすら凝視していたらしいけど……。

らしいっていうのは、彼の方は一瞥もしなかったからなの。もう完全に無視したわけ。それでも視線って、やっぱり感じるものでしょ。相手が普通でないだけに、この場合は尚更よね。

相変わらず黄雨女は現れたけど、徐々にサトルも気にしなくなって、二人の話題に上ることも少なくなっていったわ。

そのうち夏休みを迎えた。「旅行したいね」ってサトルと相談したものの、二人ともお金がなくてさ。それに私の親が「帰って来い」って煩いのよ。

仕方がないので私は帰省、サトルは海の家でアルバイトをすることになった。私も実家の手伝いをして――うちは商売やってたから――小遣い稼ぎをするので、お互いにお金を貯めて、秋にでも旅行しようって約束した。

夏休み中、せっせと私は手紙を書いた。携帯もパソコンもない時代だし、家の電話だと側に親がいたからね。かといって公衆電話で、彼のアパートの共同電話に長距離をかけると、あっという間に百円玉が減るのよ。あんまり電話代を使うと、秋の旅行ができなく

なるじゃない。ここは我慢しようと思った。

サトルから返事は来たけど、いつも文面は短かったなぁ。まぁ男の人なんて、たいていそうでしょ。

ところが八月のお盆過ぎに、大型台風が日本列島に上陸して、私たちの大学のある地方も少なからぬ水害に遭ったあと、珍しく彼の方から手紙が届いたの。それも異様なほど長文の、なんとも信じられない出来事が記されている手紙が……。

物凄い大雨に見舞われたその日、サトルは海の家のバイトが休みで、そこで知り合った友達の家に、選りに選って行こうとしていた。その友達の親は田舎の法事でいないので、遊びに来ないかって話になったみたい。

夏休みに入ってから、ずっと彼は海の家のバイトのために泊まり込んでいた。だから例の水路沿いの道を通るのは、本当に久し振りだった。黄雨女のことを忘れたわけじゃないけど、こんな酷い天候の日に、さすがにいるとは思わないでしょ。だから何の警戒もせずに、彼はその道を通ろうとしたんだけど……。

いたのよ。

あの女がお馴染の場所に、つまりガードレールの切れ目のところに、いつも通りに突っ立っていたの。

背後の水路では、ごうごうと物凄い量の雨水が流れてて、地面と水面の区別がほとんどつかない状態だった。そんな危険極まりない水路沿いに、例によって黄色尽くめの黄雨女が立っているのよ。

いくら何でも、そのまま知らんぷりはできないでしょ。とはいえ近づくのは怖いから、

「そんなとこにおったら危ない！　こっちに来るんや」

サトルは大声を出しながら、頻りに手招きした。

すると、それまで無表情だった女が突然、にぃぃって満面に笑みを浮かべて、黄色い傘を広げながら、彼に差し出したの。

その瞬間、強烈な突風が吹いて傘が飛ばされ、よろっと女が膝から崩れた。とっさにガードレールの支柱に摑まったけど、すぐに水路から溢れた大量の雨水に押されて、あっという間に暗渠の方へ流されてしまった。

女が流される刹那、サトルと目が合った。そのとき女は、はっきり叫んだっていうの。

さとる……ってね。

いいえ。その女が彼の名前を知ってるわけないじゃない。彼女の亡くなった旦那か子供が、偶然にも同じ名前だったか、もしくはサトルの聞き間違えか。

すぐさま彼のアパートに電話した。あんまり参ってるようだったら、予定よりも早めに戻るつもりだった。でも思っていたよりは元気で、ちょっとだけ安心した。恐らく手紙に洗い浚い書いたことで、精神的に少し落ち着けたのかもね。

「警察には……」

連絡したのかって訊いたら、

「いいや。せんかった」

短いながらも強い意思の感じられる返答があって、私もそれ以上は何も言えなかった。

そう何度もサトルが繰り返すので、私は戻るのを止めたわ。

「俺は大丈夫やから」

あのとき彼のところへ飛んで行ってたら、その後の展開も大きく変わってたのかなって、この歳になってもね、たまに振り返ることがある。

それでも私は結局、戻る予定を二日ほど早めた。やっぱりサトルが心配だったし、なにより会いたかったから。

大学近くの駅に着いたのが夕方で、ぽつぽつと雨が降り出していたけど、そのまま彼のアパートへ向かった。お土産を持って、びっくりする彼の顔を想像しながら。

でも、いくら部屋の扉をノックして、彼の名前を呼んでも、まったく返事がない。出かけてるのかなって扉に手をかけたら、なんと開いたのよ。不用心にも鍵を閉め忘れていたのね。

もう呆れながら、でも助かったわと喜びつつ、私は部屋に入った。

相変わらず散らかってたので、サトルが帰って来るまでに、部屋の片づけをしようと思って、机の上の何枚もの便箋に気づいた。どうやら手紙を書きかけのまま、彼は出かけたらしい。

いくら恋人でも、勝手に手紙を読むのは不味いでしょ。けど気になるじゃない。それで遠目に覗いてみたら、それが私宛てだって分かった。

ならいいかって読んでみたら、さぁっと顔から血の気が引いてね。ほとんど貧血のよう

になって、しばらく動けなかったくらい。

手紙によると、サトルがバイトをしていた海の家は、台風のあとも、その辺りでは一番最後まで店を開けていたっていうの。それで、いよいよ店を閉める日、片づけを終えたサトルは、バイト仲間たちと海辺をぶらついた。軽食と飲み物を店の人にもらったから、何処か座れる場所を見つけようとしたわけ。

海の家から少し離れた所に岩場が見えたので、そこに彼らは向かった。岩の上に陣取るか、その向こう側に行けば、適当な場所があると考えたのね。

一番年下のサトルが先に行って、岩場を攀じ登って向こう側に下りてみたんだけど、そこでとんでもないものを見つけてしまった。

ごろんと横たわった死体……。

大きな岩に隠れてたけど、そこには水路トンネルの出口があったの。どうやら遺体はあの台風の日に、何処かから流されて来て、そこでトンネルから吐き出されたものの、岩場に引っかかって沖まで運ばれなかったみたいなの。

何処かから……。

その場所がサトルには、瞬時に分かった。なぜなら目の前の死体が、あの黄雨女だったから……。

海辺の生物にでも食べられたのか、ぽっかりと空洞になった両方の眼窩が、凝っと彼を見詰めていたそうよ。

彼は慌てて引き返すと、こっちは駄目だと嘘を吐いた。だから警察にも連絡しなかった。いずれ誰かが発見するだろうし、あの特徴的な雨具のお蔭で、きっと身元もすぐに判明するに違いないと考えた。酷い対応だと自分でも感じたけど、とにかく黄雨女に関わるのが厭だったのね。

バイトの打ち上げも早めに切り上げて、彼はアパートに帰った。

翌日は雨だった。サトルが駅前まで行こうと、例の水路沿いの道に入ったら、全身に黄色い雨具を纏った何者かが、あの場所に立っている。

もちろん黄雨女であるわけがない。同じような格好をした別人に違いない。そう思ったものの彼は怖くなって、別の道へと急いで逃げた。

その帰路に、恐る恐る水路沿いの道を覗くと、誰もいない。ほっとしたサトルがアパー

トに向かっていると、道の先に見える狭い路地の角に佇む、黄色い人影らしきものが目に入った。

その場から彼は走って逃げ出すと、かなりの遠回りをしてアパートに帰り、この手紙を書き出したようなの。

翌日も雨だった。外出するのが恐ろしかったけど、このまま確かめないのも怖くて仕方ない。それでサトルは、問題の路地と水路沿いの道を見に行こうとした。

そうしたら、アパートから三、四分くらいの所にある真っ赤な郵便ポストの陰に、黄色いものが立っている。

分かる？　水路沿いの道、路地、郵便ポストっていうように、それが少しずつ彼のアパートに近づいてるのが……。

その翌日も雨だった。でもサトルは一日中、外に出なかった。ずっと部屋の中にいた。ただし頻繁に窓から外を眺めた。こっちに向かって来るあれの姿が見えるんじゃないかって、常に怯えながら……。

さらに翌日も雨だった。私がサトルのアパートを訪ねた日よ。この日も彼は朝から外に

出なかった。そして私宛ての手紙を書き続けた。

午後には雨が激しさを増し、辺りは夕刻のように暗くなった。窓を開けていられないほどの、物凄い雨量だった。

サトルが部屋の電気を点して、なおも手紙を書いていると、

……とん、とん。

部屋の扉を叩く音がした。

私が早めに戻って来たのかと、とっさに喜んだものの、それなら彼の名前を呼ぶはずでしょ。

……とん、とん。

しかし扉の向こうにいる者は、ひたすら単調にノックを繰り返すばかりで、一言も喋らない。

……とん、とん。

……とん、とん、とん。

その緩慢な物音の連続が、次第に彼の神経に障り出した。

「だ、誰ですか」

扉の前まで行って、サトルが絞り出すような声で尋ねると、ぴたっとノックが止んだ。

そして今度は、

……べたっ、びちゃ。

ずぶ濡れの雑巾を扉に当てているような音が、廊下から聞こえてきた。

――という経緯が次第に乱れて崩れていく筆跡で、手紙には克明に書かれていたわ。

名前を呼ばれた……。

もうあかん。

それが最後に記された文字だった。

私は今にも吐きそうな気分が治まるのを待って、溝口さんのアパートを訪ね、サトルの手紙を見せた。

「あいつは?」

まず溝口さんが心配したのは、サトルの安否だった。

「部屋にいないんです」

そう答えると、心当たりに片っ端から電話をして、彼を捜すように頼んでくれた。そのうえで手紙に再び目を落として、頻りに首を傾げ出した。

「問題の女のことも変だけど、ここに書いてある天候も妙だよな」

「どうしてですか」

「だって昨日も一昨日もその前の日も、雨なんか降ってないからさ」

そこで私は、あっ……て思った。

その日、夕方に駅に着いたとき、ぽつぽつと急に降り出したけど、それまで雨だった気配なんか少しもなかったのよ。なのにサトルは、午後から激しい雨になったって手紙に書いてる。変じゃない。

しかも溝口さんによると、昨日までの三日間、こっちでは雨が降っていない。けれどサトルは、毎日が雨だったと記してる。可怪しいでしょ。

……結局、そのままサトルは行方不明になってしまった。

田舎からご両親が出て来られて、私もお会いしたんだけど、まったく何のお役にも立てなくて……。

いいえ。彼の手紙については溝口さんと相談して、ご両親には見せなかったの。それで良かったのかどうか、ずっと私は悩む羽目になったけどね。

でも、あの手紙を見せていたら、きっとご両親は……ううん、この話はいいわ。

えっ？

ああ、そこに気づいたのね。

そうなの。黄雨女を見たって言ってたのは、結局はサトル独りだった。

彼の行方が分からなくなってから、私は大学の友達にも協力してもらって、できるだけ多くの学生に尋ねた。

黄色い雨具を全身に纏った女性を見たことがあるか――ってね。

その結果は零だった。ただし溝口さんから教えられた、例の都市伝説めいた噂を知っている者は何人かいた。けど当然、誰も本気にしてなかった。

次に私は、黄雨女が何処の誰だったのかを突き止めようとした。台風の日、町中の水路に落ちて、恐らく暗渠に流され、数日後に海辺の水路トンネルの出口で遺体が見つかった女性がいるなら、絶対に分かるはずでしょ。

ところが、そんな人いないのよ。新聞社にも警察にも問い合わせたけど、こっちも該当者が零なの。

この辺りから私、なんだか怖くなってきてね。大学にも碌に来ないって、友達にも心配され出してたから、もう止めようと思って……。

そうしたら溝口さんから、とんでもないことを知らされた。下宿先の大家さんを通じて、町内の人たちに黄雨女のことを、彼も尋ねたらしいの。その結果、そんな格好をした女性が確かにいた、と言う人が現れた。

ただし、その女は三十年以上も前の台風の日に、大雨が降る中、黄色い雨具を着たまま外へ飛び出して、そのまま行方不明になったはずだ……っていうの。

ううん。その女性が子供や夫を亡くしたのか、なぜ黄色の雨具を着てたのか、普段から水路沿いの道に立ってたのか、そういったことは何一つ分からなかった。

ある台風の日に、行方知れずになった。はっきりした事実はそれだけだったわ。

私は一瞬、そのとき女性は誤って水路に落ちたものの、何処かに引っかかってしまい、それが三十年振りにトンネルから流れ出て、その遺体をサトルが見つけた……っていう状

況を考えたんだけど、それだと遺体は白骨化していたり、あるいは屍蠟化していたりするはずで、絶対に彼も気づいたと思うの。

それにね、仮に遺体の問題が片づいたとしても、その後にサトルが何度も目にした黄雨女の説明は、まったくつかないでしょ。

そうね。要は一切が謎のまま……。

ただ、これで終わりじゃないの。この話を雨の日に誰かに喋ると……いいえ、黄雨女を見るわけじゃないわ。それは大丈夫だから安心して。

でもね、正に亡くなろうとしているか、または亡くなったばかりの遺体と、その人は遭遇するようなの。ええ、この話を聞いたあとで……。あっ、だけどそれは人間とは限らないみたい。動物や虫ってこともあるようね。

これまでに何人も、そういう目に遭ってるの。だから話をする前に、さっき天気を確かめに行っておいたのよ。

凄い曇り空だったけど、雨は降ってなかった。それで話す気になったわけ。

今？　さぁ、どうかしら。

この話をしてる間に、もしも降り出していたら……。

オモチャ

宮部みゆき

商店街の角の玩具屋さんの二階の窓に、真夜中になると、首吊りのロープがさがっているのが見える。

いちばん最初に、いったい誰がそんなことを言い出したのか。みんな知っているようでいてよく知らない。自分でもそのアヤフヤな気分が嫌だから、他人におしゃべりすることで、あ、自分はやっぱりこの話を知っていたんだと確かめる。それでまた話が広がる。

「戸塚さん、戸塚さんの奥さん！」

土曜日の夕方、クミコがお母さんとスーパーへ行こうとしていると、後ろの方から大きな声で、何度も何度も名前を呼ばれた。

「戸塚さんてば、ちょっと待ってよ」

ドタドタと騒々しく駆け寄ってきたのは、お向かいの笹谷さんのおばさんだった。近所でもおしゃべりで有名な人で、クミコのお母さんは普段、このおばさんのことを嫌ってい

る。笹谷さん家では子供たちがもう二人とも中学生なので、学校の役員などで一緒にならずに済むから、ホントに良かったと言っていたこともある。

「ねえねえ、戸塚さんところに警察が来たって、ホント？」

上機嫌な猫みたいに喉をゴロゴロ鳴らして、笹谷のおばさんは訊いた。クミコのお母さんは、一重瞼の目をまん丸に見開いた。

「警察？　うちにですか？」

「そうそう。来たんでしょ？　ほら、玩具屋さんのおばあさんのことでサ」

クミコのお母さんは、ああ、あれ——と大きくうなずいて愛想笑いをした。

「来たことは来たけれど、そんなのかなり前の話ですよ。だって、玩具屋さんのおばあさんが亡くなって——そうね、もう二月ぐらい経つでしょう？」

「そうかしらねえ。だけど、警察が来たのはつい最近の話だって、あたしは聞いたわよ」

笹谷のおばさんは、丸っぽく太った腕で、クミコのお母さんの腕をつかんだ。そして声をひそめた。

「調べ直してるんだってね。おばあさんのへ、ン、シ」

「ヘンシ？　それって、変な死に方をしたって意味ですか」

「そうよぉ。嫌ねえ、噂になってるじゃないの。知らないわけじゃないでしょ。実は旦那に殺されたんだっていうじゃないの。二階の窓のところでこう、首を吊られて――」

おばさんは首吊りの格好をしてみせながらそう言った。

「あのおじいさん、もう普通におばあさんの首を絞めるだけの腕力がないから、そうやって絞め殺したんだって。もちろん、後片づけして知らん顔してたわけでしょ。でも、今でも窓のところに首吊りのロープがさがって見えるのは、おばあさんが恨んでるからだってよ」

クミコのお母さんは、ちらりとクミコの顔を見た。もちろん、本当に、クミコの前ではそういう話はちょっと――と、気遣ったのではない。だってクミコは、この噂について、あることないことひととおり知っていたし、クミコが知っていることをお父さんもお母さんもよく知っているのだから。

でも笹谷のおばさんには、こんな牽制は通用しなかった。

「あら、クミコちゃんだって、学校で噂を聞いてるでしょ？　夜、玩具屋さんの前をウロ

ウロしてた六年生の男の子たちが、お巡りさんに見つかって叱られたんだってね？」

　お母さんが、クミコとおばさんの間にするりと移動した。

「さあ、クミコはまだ三年生ですから、高学年の子供たちのことはわからないですよ」

「あらだって、朝礼で、校長先生が長い長いお説教をしたんだっていうじゃないの」

　学校のなかのことまでよく知っているようだ。クミコは「うん」とか「ふうん」とか聞こえるような声を出して、下を向いた。

「戸塚さんとこは、玩具屋さんの親戚にあたるそうじゃないの」笹谷のおばさんは、まだクミコのお母さんの腕をつかんでいる。「それで警察が聞き込みに来たんだって、あたしは聞いてるわよ」

「ええ、主人の方の縁ではあるんですけどね。でも長いこと付き合いが切れていて、わたしたちもこっちへ引っ越して来るまで全然知らなかったんですよ。ですから、親戚だってわかってからも、とりたてて親しくしていたわけでもないし」

「でも、おばあさんのお葬式には出たんでしょ？」

「ですから、うちは付き合いがないので呼ばれなかったので……」

　笹谷のおばさんは、ますます嬉しそうに喉を鳴らした。「あら、身内を呼ばないなんて、それってますます怪しいわよね」

　クミコのお母さんは、酔っぱらいから逃げる女子学生みたいにそうっとおばさんの手を外し、促すようにクミコの背中に掌をあてた。

「それにわたしたちは、おばあさんは老衰で亡くなったって聞いてますよ。殺人事件なんかじゃないと思いますよ」

「だったらどうして警察が調べ直したりするの？」

「調べ直してるのかどうかも……。とにかくうちに刑事さんが来たのは、二ヵ月くらいも前のことなんですから。そのときだってそんな話は一切していなかったし、ものの一〇分もいなかったんじゃないかしら。だから、その噂話は間違ってますよ」

　それじゃスミマセンねと、万能の挨拶を残して、クミコのお母さんは歩き出した。クミコもできるだけ澄ました良い子の顔を保って、お母さんと一緒に歩いた。

　玩具屋のおじいさんとおばあさんご夫婦は、名字を竹田さんという。タケダじゃなくて

タケタだ。玩具屋さんの店名も竹屋というのだけれど、商店街には玩具屋は一軒しかないし、ちょうど交差点のところにあるので、みんな〝角の玩具屋〟さんと呼んでいた。

クミコたち家族三人は、三年前に、小さな建売住宅を買って、この町に引っ越してきた。家が気に入ったからここに決めたのであって、お父さんもお母さんも、それまではまったくこの町のことを知らなかった。

それだから、引っ越してきてしばらくして、買い物に行ったお父さんが、帰ってくるなり、

「驚いたなぁ。三十年以上も会ってなかった叔父さんに、ばったり会ったんだよ。すぐ近所に住んでるんだって」

なんて言い出したときには、クミコもお母さんも、またお父さんが面白い作り話をしてクミコたちをかつごうとしているのだと思ったものだった。

でもそれは、本当の話だった。

お父さんのお父さんには兄弟姉妹が大勢いて、だいたいみんな仲が良かったのだけれど、一人だけ誰とも折り合いの悪い人がいて、早くに家を出てしまった。それがお父さんのお

父さんのすぐ下の弟で、光男という人だった。

「それでも、親父が結婚して俺が生まれて、そうだな、十年ぐらいは、正月とか法事の時には実家に戻ってきてたんだけどね。だから俺も、子供のころ光男叔父さんに遊んでもらったことを、うっすらと覚えてるんだ。だけどそれ以降は――。親父が詳しいことを教えてくれなかったんでわからないけど、実家の誰かとよっぽどひどい喧嘩をしたか、金のからんだ揉め事でも起こしたんだろうな。叔父さん、ぷっつりと顔を見せなくなってさ。音信不通で行方知れず。親父たちも、光男叔父さんのことは一切口に出さなくなった。まるで、叔父さんはもう死んじまってこの世にはいないみたいな扱いだったな」

その光男叔父さんに、会ったのだという。

「商店街で玩具屋をやってるんだってさ。婿入りしたから名字も変わっちまったそうだ」

お母さんも一緒になって驚いていた。

「世間は狭いと言うけど、偶然て、あるものなのね。でも、そんなに久しぶりなのに、あなた、よく叔父さんだってわかったわね？」

「いや俺なんか、叔父さんの顔を見たってわかりっこないよ。なにしろ長いこと会ってな

いんだし、すっかり爺さんになってたしな。向こうから声をかけられたんだ。俺が親父の若いころにそっくりだから、すぐにわかったんだって」

「きっと懐かしかったのね」

「うーん」とうなずいて、お父さんはちょっと困ったような笑い方をした。「でも、俺が本当にあの甥っ子だってことを確かめたら、今度はしきりに謝ってたよ。思わず声をかけちまったんだけど、悪かったって」

「どうして?」

「あの叔父さんは、実家とはとっくに縁が切れているというか、まあ勘当をくらった身の上だからな。今さら親戚付き合いなんかする気はないんだろう。こっちだって、親父もおふくろももういないんだし」

「そうねえ……。叔父さんはいくつぐらいになるのかしら」

「さあ、親父よりは下なんだから、七十五、六かな」

「ご挨拶に伺わなくていい?」

「いいよ、いいよ。遊びにおいでとも言われなかったし、所帯を持ったのかとか、子供は

いるのかとか、そんなことも訊かれなかった。おまえたちは知らん顔をしていていいよ」
「それって寂しくない？」
「今さら寂しいも何もないだろ。鬱陶しいことになる方が面倒じゃないか。あっちだって
そう思ってるはずだ」
そんな具合だったから、クミコもお父さんの叔父さんのことを、深く気にしたことはな
かった。商店街を通りかかると、あの玩具屋のおじいさんは、あたしの大叔父さんなん
だぁ――と、たまに思い出すことはあったけれど、だからどうということもなかった。
玩具屋のおじいさんは、とても小さくて痩せていた。背中が丸まっていて、身体の向き
が、ゆるゆるにしぼった雑巾みたいに、ちょっとだけねじれているようにも見えた。頭は
ほとんどつるつるで、でも校長先生みたいにテカテカ光ってはいない。元気のないハゲ頭
だった。
玩具屋さんのお店の構えは小さく、入口も普通の家の玄関先と同じくらいのスペースし
かなくて、その分、妙に奥の方へ細長くできていた。そういう造りのせいか、昼でも薄暗
くて陰気な感じもあった。おじいさんはいつもそのいちばん奥のところにいて、古びた木

の椅子に座っていた。商店街の通りの方からちょっと首を伸ばしてのぞくと、昼はテレビ画面の光の、夜は天井に取り付けられた黄色っぽい蛍光灯の光の下で、おじいさんがそこにぽつねんと腰かけて、ぼんやりとしているのが見えた。

子供も大人も、お客らしい人はほとんど訪れなかった。友達からも、角の玩具屋さんで何か買ったという話など、ついぞ聞いたことがなかった。だって、そこにはクミコたちの欲しがるような商品は何も置いてなかったから、仕方がなかったのだ。お店の細長い通路を埋め尽くさんばかりに積み上げられたたくさんのオモチャは、みんなうっすらと埃をかぶっていて、十年も二十年も前からそこにあり、ずっと売れ残っている品物ばかりのように見えたし、実際そうだったのだろう。

もっとも、それは玩具屋さんだけに限った話ではなかった。商店街全体に、古っぽくて埃っぽくて、パッとしないフンイキが漂っていた。お店の数はたくさんあるけれど、そこでは、何かと用が足りない。クミコのお母さんだって、普段は、町の反対側にあるスーパーへ買い物に行っている。商店街に足を向けるのは、月に二度の売り出しの日ぐらいのものだ。

おばあさんの方は、めったにお店に出ていることがないので、見かける機会がなかった。お父さんから、

「光男叔父さんは十二、三年前に玩具屋のおばさんと結婚して、あそこに住むようになったと言っていたよ。おばさんが――まあ今じゃおばあさんだけど――玩具屋の跡取り娘で、だから叔父さんは竹田の名字を名乗ることになったんだってさ」

と、聞かされていなかったら、あのおじいさんはひとり暮らしだとばかり思ったことだろう。

商店街は通学路に入っていなかったので、クミコが商店街を通りかかるのは、週に二度のそろばん塾通いと、商店街を抜けた先にあるマンションに住んでいる友達の家に遊びに行くときだけだった。一年、二年と過ぎるうちに、玩具屋さんの前を通っても、（大叔父さんだぁ）と思うこと自体が少なくなっていって、三年経つころには、ほとんど忘れかけていた。

そこに突然、玩具屋のおじいさんとおばあさんのことを訊きたいと、警察の人がやって来た。それが二ヵ月ほど前のことだったのだ。あのときは、クミコも本当にビックリした

ものだった。

夕方だったけれど、お父さんはまだ帰っておらず、お母さんとクミコの二人だけだった。玄関先に訪れたのはいかつい顔の男の人で、ネクタイはしめていたけれど、背広ではなく青いジャンパーを着ていた。見せてくれた警察手帳は、テレビドラマで見かけるものよりも、もっとずっとくたびれていた。

「お邪魔してごめんよ、お嬢ちゃん」いかつい刑事さんはガラガラ声を出した。

「夕飯時の忙しない時に、すみませんね、奥さん」

と、お母さんに笑いかけ、

「戸塚さん、商店街の玩具屋の竹屋さんのご夫婦の親戚だそうですよね？」

お母さんはお父さんから聞いたとおりの話をした。刑事さんは手帳を広げてうんうんとうなずいて、

「竹田さんからも、同じことを聞きました。ただ、あのおじいちゃんは、甥に迷惑をかけるわけにはいかないから、行かんでくれと言ってたんだけどね」

「何かあったんですか」

「実は、おばあちゃんが亡くなったんですよ。昨日の朝、布団のなかで死んでいるのを、おじいちゃんが見つけたんです」

お母さんはまあと声をあげて、「クミコ、おそうめんを茹ですぎちゃうから、火を消してきて」と言った。つまり、これは大人の話だからあんたはあっちへ行ってなさいという意味だ。クミコはハーイと台所へ引き下がり、ガスの火を消すと、ドアの陰に隠れて耳を澄ませた。

「どうして亡くなったんでしょうか」

「まあ、自然死というか病死というか、老衰だと思いますけどね。おばあちゃんの方が、おじいさんよりも年上だし。八十歳だったかな」

「それは存じませんでした」

「事件だとか、そういうことではないんです。ただ、あのおばあちゃんは特に持病とかがあるわけでもなかったらしくて、久しく医者にかかってませんでね。おじいちゃんの話でも、前日まで元気で普通に生活していたっていうし。そういう場合、一応いろいろと調べなくちゃならないこともあるんです。めったにあることじゃないが、外から誰かが入り込

んで、何かを盗んで、おばあちゃんを手にかけたって可能性も、まったくないわけじゃないですからね」

「そうですか、それはご苦労さまです」

「いやいや。ただおじいちゃんがね、やっぱりショックなんでしょうよ、ぼうっとしちまって、話もなかなかうまく通じなくてね。一人じゃ気の毒だし、誰か身寄りはいないか、近所で親しくしている人はいないかって、いろいろ尋ねて、やっとこさ戸塚さんのことを聞き出したってわけなんです。でも、今のお話じゃ、奥さんは、会ったこともなかったんだねえ」

「主人がそうしろって申したもので……」

「ええ、ええ、わかります。そういうことはあるもんです。竹屋のおじいちゃんの方だって、甥には報せるな、もう関係ないんだからって、しつこく言っていたんです。こちらに伺ったのは、いわば私のお節介ですわ。おばあちゃんの方には、昔のご亭主とのあいだにできた子供がいるらしいから、そちらとも連絡をとってますし。ただ、遠方なんでね」

「主人が帰ってきましたら、すぐに事情を話して連絡させます。どちらにお電話したらよ

ろしいですか？」

「じゃあ、ここに」

いかつい刑事さんは名刺を残して帰っていった。

しばらくしてお父さんが帰ってきて、名刺の番号に電話をかけ、二十分くらい話していたろうか。それから、ちょっと叔父さんのところに顔を出してくると言い置いて、急いで出かけ、なかなか戻ってこなかった。

結局、クミコがお父さんに会ったのは翌朝のことで、眠たそうな顔であくびばかりしていた。

クミコは、みんなで玩具屋のおばあさんのお葬式に行くの？　と尋ねた。お父さんは首を振った。

「うちは行かないよ。だからクミコは普通に学校に行きなさい」

それだけのことだった。それっきりで、後に何があるわけでもなかった。

玩具屋さんは、それでも半月ばかり閉めていたろうか。やがてシャッターが開くと、そこには今までとまったく同じように、薄暗い店と埃ぼっけの古い玩具があって、その奥で

おじいさんがひとりぽつねんとテレビを観ていた。格別寂しそうにも悲しそうにも見えなかった。前と何も変わらなかった。

お父さんとお母さんのあいだでも、玩具屋のおじいさんの話が出ることはなかった。それについても、前とまったく変わりがなかった。

クミコもまた、玩具屋さんのことを忘れつつあった――

それなのに、今になって、いったいどうしたことだろう。どこの誰が、首吊りのロープが見えるなんて言い出したんだろう？　実は、おばあさんはおじいさんに殺されたんだなんて、言いふらしているんだろう？

笹谷のおばさんの言いっぷりが、よっぽど気に障ったのだろう。お母さんはあのいかつい刑事さんの名刺を取り出して、電話をかけた。そうしたら、数日して、刑事さんが訪ねてきてくれた。

「やあ奥さん、迷惑しとられるようですね」

今日もジャンパー姿だった。

「迷惑というほどのことはないですけど、竹田のおじいさんのことが心配です」

「おじいさん本人は、気にしちゃいないと思いますよ。案外、本人の耳には入ってないかもしれないし。噂ってのは、そんなものですからね。奥さんも、あんまり気に病まないことです」

玩具屋のおばあさんの死に、不審なところは何もないと、刑事さんはガラガラ声で言いきった。

「もちろん、私らが今さら何か調べ回ってるなんてこともないですよ」

「でしたら、何であんな無責任な噂話が出るんでしょうね？」

「どうやら、首吊りのロープ云々は、近所の中学生が言い出したことのようですよ。塾の帰りに、夜干しの洗濯物でも見間違えたんでしょう。子供はそういう怪談が大好きですからねえ」

「それが尾鰭をつけて広まっちゃったわけですか？」

刑事さんはごしごしと顎をこすり、ちょっと首をかしげた。「うーん、それだけでもなくってね。前段があるというか。まあ、戸塚さんが巻き込まれる心配はないから、お耳に

入れてもいいかな」

竹田さんとこは、遺産相続でちょっと揉めていましてね——と、声を落として続けた。

「おばあちゃんの方の子供たちと、おじいちゃんのあいだでね。あの土地も店も、おばあちゃんのものでしたから、普通に行けばご亭主のおじいちゃんが、半分を相続するわけですよ。他に、少々の預金や保険金もあったみたいです。ところが、先のご亭主とのあいだにできた子供が三人いて、子供ったってもうみんないい歳の大人ですから、それ相応に欲をかいてましてね。遺産は全部自分たちのものだ、爺さんはとっとと出ていけと、ちっとばかし騒いでるわけですわ」

「そんなのムチャクチャな話だわ」

「そもそも、おじいちゃんとおばあちゃんが結婚するときにも、子供たちとのあいだでえらいイザコザがあったらしいです。ホラ、子供さんたちは、先からおばあちゃんの遺産をあてにしていたわけでしょう。そこにおじいちゃんが現れたんで、横取りされるっていうんで大騒ぎでさ。もしおばあちゃんが先に死んでも、遺産は放棄するっていう一筆を入れないと入籍させないと迫ったとか、まあ、意地汚い騒動がいろいろあったようです。あの

おじいちゃんは自分からそういうことをしゃべる人じゃないんで、私も商店街の古顔の人たちから聞きかじったんですがね」

「じゃあ商店街の人たちは事情を知ってるんですもの、竹田のおじいさんの味方になってくれてもいいですよね」

「それもまた難しくってね。先のご亭主も入り婿でしたが、地元の人でしたから、まわりに馴染んでいてね。だから、商店街の古い人たちは、その後に入ったあのおじいさんのことを、必ずしもよく思ってないわけですよ」

「そんなことって」

「お身内にこんなことを言うのも何だけど、あのおじいさんも、流れ者というか、過去にあれこれあるという話も聞きましたよ。ですから、なおさらなんだろうね」

お母さんは口元に手をあてて、顔をしかめた。「主人からも、光男叔父さんは実家から勘当された身の上だということは聞きましたけれど、何があったのかは……」

ま、過去を詮索しても仕方ないと、刑事さんは言って、ジャンパーの前をかき合わせた。

「おばあちゃんは、実はおじいちゃんに殺されたんだなんていう悪意のある嘘は、おおか

た、子供たちの誰かが言い出したんでしょう。でも、それがヒラヒラ広がっちまうということは、商店街の人たちのあいだにも、そういう空気があるんでしょうね」

「嫌な話ですね。あの小さなお店と土地なんて、売ってもいくらにもならないでしょうし」

刑事さんは頭をかきながら笑った。

「もちろん、そうですよ。でも、金額の問題だけでもないんでね。奥さんは他所からいらしたからご存じないでしょうが、あの商店街だって、十年、十五年前には、もっともっと賑わっていて、活気があったんです。それが、あちこちにスーパーができるようになって、じりじり寂れていってね。どの店も、やっているのは年寄りばっかりでしょ？　跡取りがいないんですよ。だけど、ああやって軒を並べて、親やそのまた親の代からの付き合いだからね。勝手に自分のところだけ店を閉めて、ハイさようならというわけにはいかんのですよ。商店街が歯抜けになるからね」

お母さんが眉を吊り上げた。

「じゃあ、玩具屋さんが、この町に戻ってくる気なんかさらさらないような子供さんたち

に相続されて、土地が売られるようなことになれば、他の店の皆さんにとっても都合がいい——ちょうどいいきっかけになるってことですか？」

「ま、本音はそんなもんでしょうね。差し障りのない立場の人間が先鞭をつけてくれれば、後に続く連中も、言い訳が立つでしょ。それを言っちゃおしまいよという話ですけどね」

その晩、刑事さんから聞いた話を、お母さんはお父さんに繰り返して聞かせた。お父さんはひどく不機嫌で、ひとわたり聞き終えて、

「そのへんの事情は俺も知ってる」

と、言い出したときは完全に怒っていた。

「警察に電話して確かめるなんて、おまえも余計なことをしたもんだ。こういうことは、知らん顔してれば自然におさまるものなのに」

「あら、だってあたしは——」

それがきっかけで夫婦喧嘩が始まってしまったので、クミコはとっととお風呂に逃げた。

翌日、そろばん塾に行くと、

「おまえんとこに、また刑事が来たんだって？」

友達に、いきなり訊かれて、いったい誰が見ていたんだろうとビックリ仰天した。説明するのがタイヘンだった。お父さんの言ってたとおりだなぁ――と思った。

悪さをする人間はどこにでもいるし、悪のりする人間もどこにでもいる。玩具屋さんの二階の物干しのところに、首吊りに使う格好に結んだロープがぶらさげられたのは、それから二日後のことだった。夜中のうちにされたイタズラだったので、日が昇ってから気が付いた商店街の人たちがあわてて取り外したのだけれど、翌朝になったらまた同じようにロープがさがっていて、今度はさすがにお巡りさんがやって来た。

それからしばらくすると、今度はどこかのテレビ局が取材にやって来た。誰が知らせたのかわからない。深夜の短い番組だそうだ。面白可笑しく取り上げるには、格好のネタだと思ったんだろう。なんだかにぎやかなタレントが、レポーター役でやって来た。

お母さんには、見物に行っちゃいけないときつく言われていたのだけれど、友達はみんな行きたがるし、結局クミコも商店街へ行ってみた。おじいさんどうしてるかと心配でもあったし、いったい何が起こるのか、見てみたいという気持ちもあった。

「突撃チョーサ隊！」とか叫んで、レポーター役のタレントはいろんなことをしゃべった。

「おじいちゃんの言い分も聞いてあげなくちゃいけないよう」

「商店街はみんな仲良くしなくっちゃね！」

「だってさあ、おじいちゃん玩具屋のカガミじゃない。ご近所に、コンだけ面白いものを売ってるんだからさぁ」

いちいち声を張り上げて、とにかくやかましい。おじいさんは店を閉めてしまって出てこない。でも、大勢集まった野次馬が、いちいちレポーターの言うことに反応するから、ものすごく騒々しかった。

商店街がこんなに賑わうのは久しぶりだと、みんな楽しそうだった。やたらにゲラゲラ笑っている。だんだんと、クミコは吐きそうなくらいに気持ち悪くなってきて、友達を置いて家に帰ってしまった。

取材はもう一回あった。情報誌だとかいう話で、玩具屋さんの写真をたくさん撮って帰っていったそうだ。テレビ局が来て以来、おじいさんは店を閉めっぱなしにしていたので、なかの様子はまったくわからない。記者だという若い男の人が、何度も何度もシャッ

ターを叩いて呼びかけても、返事はなかった。

「やっぱ、テレビの方が人が集まるな」

玩具屋の隣の帽子屋の小父さんが、そんなことを言っているのがちらりと聞こえた。

クミコのお父さんとお母さんは、それらの出来事に、それぞれに怒っていた。二人ともウルトラ不機嫌だった。

「よってたかって年寄りをオモチャにしやがって」

お父さんが、めったに出さない荒い声を出しているのを、クミコはこっそりと聞き取った。言葉の意味はよくわからなかったけど、悲しかった。

玩具屋さんはずっと閉店が続いた。そうして、情報誌とやらの取材から半月ほど経って、おじいさんは亡くなった。朝早く、お店のシャッターの前で倒れているのを、通りかかった人が見つけたのだった。

クミコのお父さんは、今度は朝から駆けつけて、その日の夜になって、げっそりした顔で家に帰ってきた。

「追い返されたんだよ」と、お母さんに言っていた。「先のご亭主とのあいだの子供たち

にさ。連中、ハイエナみたいだよ。俺のことも、遺産狙いだと思い込んでるようだったな」

だからクミコたちは、おじいさんのお葬式にも出ることがなかった。おじいさんは病気で死んだのに、首吊り自殺だったという噂が広がった。それは違うと知ってるはずの、商店街の人たちも、その噂をしゃべっているのをクミコは耳にした。

おじいさんが死んでしまうと、玩具屋さんは、瞬く間に取り壊されてしまった。その前に、お店のなかの商品を、全品百円で叩き売った。そのとき売り子をしていた人が、遺産を受け継いだ子供たちの一人であるらしかった。

「クミコ、お友達に誘われても行っちゃダメよ。何も買わないでね」

お母さんに注意されるまでもなく、クミコはもう商店街には近寄らなかった。セールが終わっても、玩具屋さんが失くなって更地になっても、噂が消えても、けっして、けっして、商店街には近寄らなくなった。そろばん塾にも、友達の家にも、遠回りをして行くようになった。

それでも、二ヵ月ほど後のこと――

お父さんが、商店街の先に新しくできた自転車屋さんに連れて行ってくれるというから、クミコは一緒に出かけた。お父さんは遠回りなどしなかった。真っ直ぐに商店街を目指している。ここを通り抜ければ、自転車屋さんはすぐそこなのだから。

お父さんが先に気づいたのか、クミコが気づいたからお父さんも気づいたのか、順番はわからない。足を止めたのはクミコが先だった。でも、クミコが立ち止まったのは、突然、お父さんに強く手をつかまれたからかもしれなかった。

かつて玩具屋さんのあった場所、今はぽかんと更地になっているところに、竹田のおじいさんが立っていた。うっすらと、薄っぺたく、半分透き通ったみたいになって、ひとりで立っていた。

こちらを見てはいなかった。隣の帽子屋さんの窓を見上げていた。

おじいさんの頭から爪先までちゃんと見るのは、これが初めてかもしれないなと、クミコは思った。だっていつもお店の奥で、腰かけてテレビばっかり観ていたもの。

でも、表情は同じだね。同じ顔をしているね。テレビを観ていたのと同じ目で、ぼんやりしているね。

クミコはお父さんの手を強く握り返した。お父さんがクミコを見おろした。そしてすぐにも、お父さんが見ているものを、クミコも一緒に見ていると悟った。

どうしてだかわからないけれど、喉がきゅうと詰まってしまって、クミコはぽろぽろと涙をこぼした。

お父さんは出し抜けにクミコを抱き上げた。目のまわりが真っ白で、血の気が引いてしまっている。クミコはお父さんの首ったまにしがみついた。最初は自分だけが震えているのだと思ったけれど、ぴったりと抱きつくと、お父さんも同じように震えているのが感じ取れた。

「クミコ、泣くんじゃない」

クミコをあやすように揺すりながら、お父さんは言った。目は竹田のおじいさんの姿に釘付けのまま、内緒話をするように、小声で早口に囁いた。

「光男叔父さんは、おまえを怖がらせようと思ってるわけじゃないんだ。だから泣くな。泣くことなんかないんだよ」

それでも、涙は止まらない。クミコはわんわん泣いた。突っ立っているお父さんを、怪

訝そうに振り返りながら通り過ぎてゆく人がいる。お店の前で立ち話をしている人たちもいる。

誰の目にも、玩具屋のおじいさんの姿は見えていないのだった。

おじいさんは帽子屋さんの窓を見上げている。

「叔父さん」

と、お父さんが小声で呼びかけた。クミコは顔をあげて、お父さんが見ている方を見た。

「力になれなくて、すみませんでした」

そしてクミコを抱き上げたまま、ゆっくりと商店街を歩き始めた。クミコはしっかりとお父さんにつかまって、涙に濡れたほっぺたをお父さんの顎に押しつけて、お父さんの歩みにつれてゆっくりと行き過ぎる光景を見ていた。

おじいさんは、とうとうこちらを見なかった。気づかなかったんではなくて、わざと見なかったんだと、クミコは思った。

クミコを怖がらせないように。

商店街を抜けたところで、クミコは言った。

「怖くなかったね」

お父さんはクミコの顔を見て、クミコと一緒になって泣き出しそうな目をして、笑った。

「な？」

帽子屋さんがお店を閉めたのは、それから間もなくのことだった。土地はまたすぐ更地にされ、玩具屋さんの地所を合わせて、どこかの不動産会社が買った。

クミコも、このごろはもう、ひとりで商店街を通り抜けるのが、少しも苦でなくなっている。あれから何度も、玩具屋のおじいさんを見かけた。玩具屋の敷地にいることもあれば、商店街のなかの別のお店の前に立っていることもあった。そうやっておじいさんが立っていたお店は、ほどなく売りに出されたり、間もなくお店を閉めるという噂が聞こえてきたりした。

玩具屋のおじいさん、お父さんの光男叔父さん、クミコの大叔父さんは、今まで一度もクミコの方を見たことがない。だからクミコも声をかけず、足を止めることもない。

今朝、回覧板が回ってきて、そこには「住民説明会のお知らせ」と書いてあった。商店

街の近くに、今までこの町にできたスーパーを全部集めたよりも大きな複合大型小売店というのができるのだそうだ。その事前説明会をするのだそうだ。

お母さんは、行かないと言った。お父さんも、行く必要はないと言った。

「うちには関係ない。商店街の人たちが出る集まりだ」

でもクミコは、そろばん塾に行く途中で、ちょっとだけ、ほんのちょっとだけのぞいてみようかなと思っている。きっと、大叔父さんも来るだろう。そうして、集まった商店街の人たちには誰ひとり気づかれずに、やっぱり生前にテレビを観ていたときと同じ顔で、たぶんいちばんうしろの方で、集まりの様子を見守ることだろう。

そしたら、ちょっとだけ、ほんのちょっとだけ手を振ってみようと思っている。こっちを見てね――と、知らせるために。そして、クミコを見た大叔父さんが、

(怖がらせてごめんなぁ)

という顔をしたら、ううん――と首を振って、

「あたしもごめんなさい。お父さんもごめんなさいって」

それだけ言って、駆け出してしまおうかと思っている。

アメ、よこせ

加門七海（かもんななみ）

「何か、忘れ物している気がするの」

車窓から外を眺めつつ、幸恵は小さく首を傾げた。

流れていく景色の中には、ぽつぽつと薄桃色が交ざっている。

桜だ。桜は沿線の商店街の外れやら、公園らしき敷地の中で季節の風情を調えていた。

まだ三分咲きくらいだろうか。満開には猶予があったが、花見のための提灯などが用意されているのも見える。

しかし、幸恵が眺めていたのは、線路近くのそれではなかった。

山の低いところに一本だけ、桜が咲いているのを見つけ、彼女は呟いたのである。

「あー。そういえば、カメラ忘れた」

ボックス席の向かいに座った郁恵が呑気な口調で返した。

桜の季節を行く、若い姉妹――それだけを人が聞くならば、美しいものがあるかも知れ

ない。けれども、ふたりの格好は、花の何のを語るには余りに色気のないものだった。チョッキにネルシャツ、トレッキングシューズ。登山というにはおこがましいが、町を歩く服装ではない。だが、彼女達の行き先はハイキングコースとも言い難かった。

小さな日帰り旅行の目的は、墓参りにあったのだ。

幸恵と郁恵は姉妹である。年は四つ離れていたが、ふたりとも童顔であるために、姉と妹の区別は付いていても、実年齢を正確に当てる人はほとんどいない。妹である郁恵のほうが、やや繊細な目鼻立ちをしていたが、性格はむしろ、妹のほうが活発な上に男っぽかった。

墓参りついでに近くの山を歩こうというのも、郁恵が立てた計画だ。

「なんで、ウチのお墓は、猿も住まない山の中にあるんだろ」

缶ジュースを口にしながら、今更、郁恵は口にした。

「仕方ないでしょ。東京に引っ越してきたときに、お墓、置いてきちゃったんだから」

「でも、もう四十年経つんでしょ？　近くに移せば良かったのよ」

「埼玉だから、近いから。そう考えていたんじゃない」

墓参りが決まったときから繰り返されている愚痴に、幸恵は投げやりな答えを返した。

愚痴を言っても、お墓が自分で動いてくれるわけはない。

四十年前、ふたりの父である市村浩二は東京に引っ越してきた。墓を残していったのは、当時、叔父夫婦と祖父母がまだ、そこで暮らしていたからだ。

しかし、二十年ほど前に、祖父母が相次いで亡くなって、叔父夫婦も山を離れた。――墓はそのとき、置き去りにされてしまったのである。

先祖代々と記された小さな墓石は、尾根沿いの寺の墓地に立っている。

以来、彼岸や盆が来るたび、墓参は親戚一同の一日掛かりの仕事となった。

幸恵達がまだ幼い頃は、墓参はちょっとした行楽だった。従姉妹達と連れだって、緑の山を歩くのは遠足と同じ楽しみだった。

だが、従姉妹も既に三十代が中心だ。遠足を楽しむ年ではない。親もまた年を取っていく。

墓参は次第に回り持ちとなり、ただ厄介な仕事となり――この春はついに、幸恵と郁恵にお鉢が回ってきたのである。

「お母さん達はいいわよね。年を言い訳にできるもん。従姉妹のマキちゃんも、子育てがいい口実になってるし。でも、私だって忙しいのよ。『お前らは暇だろ』はないわよねえ」

「実際、気ままに暮らしているでしょ」

幸恵は笑った。

二十代後半の姉妹ふたりは、まだ独身のままである。家庭を持った人からすると、呑気に見えるのは仕方ない。

「そんなに億劫がるんなら、もっと便利のいいとこに、お墓を移せばいいのにね」

妹は口を尖らせる。その顔を横目で見やりつつ、幸恵は訳知り顔で続けた。

「お墓を近くに移したいって考えは、ウチも親戚も持ってるわ。でもね、口に出したら最後、お金も出さなきゃならないでしょう。だから、みんな黙っているの」

「セコイ!」

「だったら、お金出す? 年に一、二度、お墓参りに行ったほうが安いわよ」

「セコイ……」

郁恵は再び呟く。幸恵は笑って肩を竦めた。

「どのみち、今回のお墓参りは、あんたに文句を言う権利はないわよ。ずうぅっと、サボっていた癖に。それに、お彼岸は混むからって、わざわざ時期をずらしたのも、ついでにハイキングしたいとかいう妙な提案を受け容れたのも、みんな、郁恵の我が儘を通してあげた結果でしょ？　お墓に行くだけならば午後から出れば充分なのに、朝早くからこうやって、電車に乗っているのは誰のせい？」

「まあねえ」

言い込められて、郁恵は黙った。そして形勢不利を覚ったか、改めて思い出した顔を作ると、彼女は姉に向き直った。

「忘れ物って、なんなのよ」

「……わからない。でも、山に行くなら、持ってなくてはいけないものがあったはず」

訊かれて、幸恵は眉を顰める。

忘れ物のある気がする――とは、何気なく呟いたひとことだ。幸恵自身、車窓から遠い

山影を見るまでは、自分がそんなことを口にするとは思ってもみないことだった。

(準備はちゃんと済ませたわ)

彼女は密かに首を傾げた。

(お坊さんに渡すお金も持った。お布施の封筒にも名前を書いた。いえ、そうじゃなくて、山に行くときは……誰かが何か、言っていたはず)

思考が止まる。

「ハイキングの七つ道具なら、全部、私が持っているわよ。お姉ちゃんが持つべきは、お金だけ」

自信を見せて、郁恵が笑う。

「そうじゃなくて……うん、そうだよね」

幸恵はやや口ごもり、取り繕うような笑みを返した。

ふたりが沈黙するうちに、到着駅を報せるアナウンスが聞こえてきた。

聞くが早いか、郁恵はリュックを背に掛ける。幸恵はまだ煮え切らない顔をしながらも、妹の後ろに従った。

乗降口で暫く待つと、列車はするするとホームに入った。

駅名は『飯能』。

西武池袋線の特急で、約四十分の場所である。ふたりはここからバスに乗り、ハイキングがてら墓地を目指すのだ。

今回、すべての行程は妹の郁恵に一任してある。墓だけならば、降りる駅も異なるし、幸恵も道筋を承知している。

だが、別ルートと言われると、幸恵には見当すらつかなかった。

華奢なわりに、妹は登山やキャンプなどというアウトドアな遊びが好きだ。反して、幸恵は地図もろくに見られない。正直、彼女はどこをどう通って墓に行くのか、まるで把握していなかった。

示されるままバスに乗り、市街地を通り抜けたなら、ほどないうちに風景は田舎じみた風情を帯びた。

田圃と山と、川の景色だ。

「棄てたもんでもないじゃない」

空が広いだけで喜ぶ郁恵は、窓の外を見てニッコリ笑った。幸恵はそれには答えずに、まだ半端な顔をし続けていた。

「どうしたの、お姉ちゃん。お腹でも痛いの？」

「ううん」

幸恵は首を振り、

「やっぱり、忘れ物したみたい」

相変わらず、もごもご呟いた。

「何を」

「わからないんだよね」

「わからない忘れ物なんて、あるわけないじゃん。どうしたの。お姉ちゃん、ちょっと変だよ。体調が悪いなら、言ってよね。大した山歩きじゃないと言っても、一応、三時間は歩くんだから」

「三時間!?」

幸恵は声を張り上げた。郁恵は当然という顔で、

「そうだよ。この先のハイキングコースから、お墓のあるお寺に行って、権現サマの山から歩いて降りる……。昨日、きちんと話したじゃない」

「そんなに歩くなんて、聞いてないわよ」

「うん。お姉ちゃんの足だと、もっと掛かるかも……。でも大丈夫よ。時間はたっぷりあるし、そのためにお弁当とかペットボトルとか、ちゃんと用意してきたんだからさ」

またも周到さを自慢して、郁恵は大きく頷いた。幸恵は怒ることも忘れて、口を開けているだけだ。

バスの外を流れる景色は、ますます山深くなってくる。市街を過ぎたのちはもう、乗客はふたりしかいない。

妹はにこにこし続けている。

「騙された……」

信号もない道に目を据えて、幸恵は泣きそうな顔をした。

「小殿」という停留所でバスを降り、姉妹は周囲を見渡した。

数軒の人家があるにはあるが、バスのエンジン音が遠のいたのち、聞こえるのは、鳥の

声のみだ。

穏やかな午前中というべきか、殺風景な道というべきか。

公衆便所の隣りに、大ざっぱなイラスト地図を描いた看板が立っていた。

幸恵はその地図を睨んだ。

ここが『関東ふれあいの道』なるハイキングコースの入り口であることは、間違いないようだ。しかし、シーズンはいつなのか。あるいは、この山道が賑わう日など存在しないのか。ふたりのほかにハイカーらしき人影は、ひとりも見当たらなかった。

「三時間も歩くのに、こんなシケたとこ来なくても」

幸恵が仏頂面になる。

「こんなの普通よ。お墓の場所が北アルプスなら、山も賑わうんだけど」

郁恵は馬耳東風だ。さっそく登山口を見つけると、先に立って歩き始めた。

引き返したいと思っても、次のバスは当分、来ない。幸恵は溜息をついて、渋々、山に入っていった。

人家の脇を入った先は、いきなり急勾配の登りである。

桜の花はもう見えない。

高地の雰囲気はないものの、駅前より標高があるのだろう。枝先についた蕾はどれも、まだ随分と堅かった。

幸い、天気は穏やかだ。しかし見晴らしは決して良くない。近年、植林されたらしい杉が景観を殺しているのだ。それが光すら遮って、山はただ、薄暗い急斜面だけが続く感じであった。

「なんで、こんなところを通るの」

歩き始めて三十分も経たないうちに、幸恵はもう、音を上げた。

「ハイキングだからよ」

郁恵は簡単に切り捨てる。彼女にとっての山歩きは、墓参を楽しくするための娯楽であるに違いない。しかし、幸恵には、ただの苦行だ。

お墓のある寺までは、車で行けたはずである。

(それをわざわざ、遠くからテクテク歩いていくなんて)

正直、ひどく腹が立ったが、ここまで来てしまっては、すべてが手遅れというものだ。

幸恵は文句を言う気力もなくして、山道をひたすら登っていった。

景観は一向、開けない。上り坂は蜿々続く。しかし、山が山である限り、上りだけでは終わらない。暫く懸命に行くうちに、道はなだらかになってきた。

幸恵は大きく息を吐き、リュックを背負った背筋を伸ばした。

と、すぐに不安が戻ってきた。

(やっぱり、何か忘れてる)

郁恵が言っていたとおり、アウトドアに関しては無知に近い彼女である。だから、装備の不安ではない。とはいえ、考えれば考えるほど、彼女は苛立ちに近い焦りを感じた。

(このまま、進んじゃいけないんだ)

——きっと、マズイことになる。

得体の知れない思いに囚われ、幸恵はリュックをひっくり返して確認したい気持ちになった。だが、山道でそんなことを始めたら、逆に何かを落としたり、汚したりすることになる。それに精神的にはどうあろうとも、今、そんなことに体力を使う余裕は残ってなかった。

　額に汗が浮いていた。スポーツは嫌いではないが、幸恵のスポーツといえば、スキーやテニスを楽しむ程度だ。地味に歩いて掻く汗は、快感には繋がらない。

（体力は使うわ、景色は悪いわ）

　この山道の一体、どこが面白いのか、幸恵には見当がつきかねた。

「ねぇ。あとどのくらい歩くのよ」

　泣き言に聞こえないように、努力しながら彼女は訊いた。

「お墓まではもうすぐよ」

「そこから、車で下に降りない？」

「ダメ。お弁当も持ってきてるのに。車で戻ったら、もったいないでしょ」

「時間と体力のほうが、もったいないわよ」

「じゃあ、お姉ちゃん。ひとりで帰る？」

「そういう意地悪は言わないの！」

　提案自体は有り難かったが、いくらなんでも、妹を山に放り出すわけにはいかない。幸恵は思わず声を荒らげた。郁恵は鼻で笑ったものの、姉がバテているのは承知の上だ。少

し歩調を緩めつつ、彼女は姉の隣りに並んだ。

「叔父さん達はどうして、ずっと山に残ってたんだろう」

気分をほぐそうというのだろう。郁恵は姉に雑談を仕掛けた。

幸恵は息を切らせつつ、

「お祖母ちゃんが強硬に反対したからって話だよ」

「なんで」

「詳しい話は知らないけど……うちのお祖母ちゃん、どうも霊感みたいのがあったらしいんだ。だから、若い頃、この辺りの人達の相談とかに乗ってたんだって」

「マジ？」

初めて聞く話なのだろう。郁恵は目を丸くした。

「マジ、マジ」

幸恵は頷きながら、

「一種のカリスマ様だったのよ。お祖母ちゃんが生きてた頃を郁恵は憶えてないでしょう」

「だって、お祖母ちゃんが死んじゃったのは、私が二つか三つの頃よ。声もろくに憶えてないわ。……何、お姉ちゃんは、お祖母ちゃんの超能力とか見たことあるの？」

郁恵は目をキラキラさせて、姉を覗き込んでくる。幸恵は苦笑して足を止めると、ペットボトルから水を飲んだ。

「超能力は知らないわ。でも、村の人達がお祖母ちゃんを『この山の守り神だ』って言っていたのは憶えてる。だから、お祖母ちゃんは、山を降りるのを嫌がったんじゃないかしら」

「守り神か。すっごーい」

「曾お祖母ちゃんも、似たような感じだったらしいわよ。代々、女が継ぐのよね……。でも、お祖母ちゃんには、男の子しかいなかったから、続かなくなってしまったみたいね」

「そう言えば、叔父さん。自分には霊感があるようなこと、言ってたなあ」

郁恵は思い出を手繰って、首を傾げた。

「でも、叔父さんの言うことなんか、何も当たらなかったよね。お父さんにも私達にも、霊感なんて全然ないし」

そして、姉に向かって同意を求める。

幸恵は「うん」と言い掛けて、首を傾げて言葉を継いだ。

「私は幽霊、見たことあるかも」

「マジ？　どんな」

郁恵のボキャブラリーは、はなはだ少ない。幸恵は再び歩き出しつつ、途切れない山道に視線を向けた。

「亡くなって暫く経った夜、枕元に座っていたの」

「誰が」

「お祖母ちゃんが……。うん。だから、私の霊感とかじゃなくて、お祖母ちゃんの意志だったのかも。別に怖くなかったわ。生前と変わらない感じで、それでね」

幸恵は急に言葉を止めた。

「どうしたの」

「何か、言われたの。でも、今、思い出せないわ」

不安そうな声を出だした。

「夢だったんじゃない」と郁恵は言って、

「あ。ほら、お寺が見えてきた」

下の林を指差した。

杉木立の間から、赤いスレートの屋根が覗いた。歴史のある寺院だが、建物自体は古くない。

「着いたぁ！」

それを確認し、ふたりは小走りで坂を下った。

妹がリュックから手みやげを出す。まずは住職に挨拶して——と、母から託されていたものだ。

小暗い山から解放されて、ホッと安心したのだろう。幸恵は妹より先に、寺の本堂に駆けていく。

「待ってよ」

妹が追いすがる。そして、

「……一体、これ、どうしたの」

本堂の前に回り込み、ふたりは声を詰まらせた。

記憶の中にあった姿と、寺の様子は異なっていた。それどころか、赤いスレートの屋根を残して、寺は最早、寺としての機能を果たせない有様だった。

本堂は半分以上、焼け落ちていた。

ここが炎に包まれたのは、つい最近のことなのか、黒く焦げた木材が傾いたまま放置されている。その黒ずんだ玄関に、貼り紙が揺れているのを知って、郁恵はそれを注視した。

「連絡先……だって」

雨染みの出来た白い紙には、電話番号が記してあった。

「お寺に電話してもつながらないって、お母さん、文句言ってたね」

幸恵が呟く。

「でも。普通なら、連絡来るじゃん」

「電話帳も、燃えたとか」

「じゃあ、私達みたいな家は、ここに来なけりゃそれまでってわけ？」

それはそれで不手際だと、妹は肩を怒らせた。

飯能には大きな霊園が、三つある。だからこそ彼岸は混み合うのだが、この山寺にある墓は地元の人のもののみだ。

近所の檀家の人はもう、事情を知っているに違いない。何も知らされていないのは、村を離れた家だけだ。

「とりあえず、電話番号を控えて、お墓に行こう。今、文句を言ってても時間をロスするだけだから」

幸恵は番号をメモすると、早い足取りで墓地に向かった。

「お線香や掃除道具は？　いつも、お寺に頼んでるじゃん」

「無い物ねだりしてもしょうがない。それに、この先、まだまだ当分、歩くんでしょう。急いだほうが賢明よ」

「うーん。車で帰ってもいい気分になっちゃった」

郁恵のほうが勢いを無くした。だが、幸恵はきっぱり首を振り、

「いつも、帰りはタクシーだったわ。車を使っても、駅までは一時間近く掛かったはずよ。車を呼ぶ番号自体、住職がいなくちゃ、わからないし。山を行くほうがマシだと思う」

長女らしいリーダーシップを発揮して、彼女は墓地に入っていった。盆と彼岸を外した墓地には、人っ子独り存在しない。山の斜面を利用した墓地は段々畑のようで、そこに新旧取り混ぜた墓石が並び立っている。

市村家の墓は、その坂の一番上に位置していた。

「バケツがあったよ」

郁恵が水を汲んできた。それで形ばかりの掃除をし、姉妹は墓に手を合わせた。

「おみやげ、ここに置いていこうね」

持ち歩くのも重たいだけだ。郁恵は墓前に菓子を供えて、物思わしげに呟いた。

「やっぱ、お墓移したいよね。……お祖母ちゃんは、お寺が燃えちゃうことまでは予知出来なかったのかあ。それとも、守り神がいなくなったから、お寺は燃えちゃったのかしら」

迷信深い事を言い、郁恵は溜息をついた。

「どうなんだろうね」

ぼんやりと、幸恵は気のない言葉を返す。

帰宅して、報告したのちの騒ぎのほうが気が重い。ふたりは無口になったまま、焼けた

寺を見下ろす場所で、コンビニで買った弁当を広げた。

木々を抜ければ空は広く、陽射しもぽかぽかと暖かい。そんなところで、お弁当を食べるのはハイキングの醍醐味だろう。けれども、寺の焼け跡を見ながら墓地に座っていると、正直、気が滅入ってくる。

幸恵は黙りこくったまま、鮭のおにぎりを頬張った。

頭の中には、死後に見た祖母の影が残っている。

(何を言ってたんだっけ)

彼女は思い出そうとした。

(枕元に正座して、お祖母ちゃんは私に微笑んだんだ。そして、握った右手を出して……

何かを言った。何かをくれた)

記憶の糸を辿っていると、突然、隣りに座った郁恵が、すっとんきょうな声を張り上げた。

「あ。忘れた！」

「な、何を」

「飴よ。墓前に飴をお供えしろって、私、お父さんに言われてたんだ」

聞いた途端、明瞭に、幸恵の記憶が蘇ってきた。

――「飴を」

祖母は言ったのだ。

――「山には飴を持って行くんだよ」

夢現の幽霊だけじゃない。生前にも、祖母は語っていた。

あれは幼稚園の夏休み。遊びに来た幸恵の頭を撫でて、祖母は飴をくれたのだ。

「幸ちゃん。頭のアや飴玉のアは、両方とも神様の言葉なんだよ」

祖母は語った。

「だから、頭は神様の宿る大切な玉という意味だ」

じゃあ、飴は神様の目玉なの？　――幸恵は尋ねた。

「よくわかったね。幸ちゃんは、頭のいい子供だねぇ」

しきりに頭を撫でながら、祖母は昔話を始めた。

「昔々、この山には悪い鬼が住んでいたのさ、そして鬼のお母さんは、人間のお目々を盗

んでは赤ちゃんのおしゃぶりにしていたんだよ。そこで困った人間達は、黒砂糖でお日々そっくりの丸い飴を作ったの。飴は本物の目玉より甘くて、とっても美味しいからね。それ以来、山の鬼っ子は人の目玉を盗まずに、飴をなめるようになったのさ」

じゃあ、飴がなくなってしまったら？　――幸恵はまた、訊く。

「怖いことだよ。だから、山に行くときは、飴を持っていなくちゃいけない。ホラ、だから、お祖母ちゃんはいつでも飴を持っているだろ」

差し出された、黒い飴。

幸恵はそれが急に怖い物に思えて、ベソをかいてしまったのである。

「――変な話をしないでよ」

その恐怖を破ったのは、側にいた叔母の声だった。

「泣かなくても大丈夫。全部、嘘のお話だからね。糖尿の気があるっていうのに、お祖母ちゃんは、飴ばかり食べているでしょう？　今のは、その言い訳に作った作り話なの」

「バカ言え。これは本当だ。夕方に権現山の尾根続きを歩くなら、飴を持ってないと目玉を取られる」

「それじゃあ、雨のアはどうなるの。雨も尊い目玉なの？　馬鹿馬鹿しいったらないわ」

叔母は声を上げて嗤った。嫁と姑の確執が、その笑いには含まれていた。

確かに、幸恵の記憶では当時の村人達は皆、飴を持ち歩いていた。そして余所から来た子供には、誰かが飴を与えていた。幸恵も今まで、他人からいくつ飴を貰ったことか。

（だけど、叔母は嫌がっていた）

祖母は小さな山村の、生き神に近い存在だった。そして叔父は、母を信じて相談に来る人々の世話役を自ら買って出ていた。

しかし、旧弊な環境は、外からの嫁には苦痛なだけだ。彼女は東京に出たがって、叶わない理由を祖母に見て……これみよがしに、飴を持たずに山を歩き回ったのだ。

祖母の生前も、死ののちも。

（そして、ついに叔母さんは、東京に来ることになったんだ）

叔父はずっと、あの村で暮らすつもりでいたらしい。誰かが、山の守番を務めなくてはならないと、彼は東京に出たのちも時々呟いていた。

親族の中で誰よりも、もしかしたら祖母よりも、叔父は迷信深かったのだ。にも拘らず、

山を去ったのは、老齢にも至らないのに叔母が緑内障となり、中央の大きな病院で治療することに決まったからだ。

（でも。結局、叔母は失明した）

思い至って、幸恵はゾッとした。

（どうして私、たった今まで、この話を忘れていたんだろ）

――「山には飴を持って行くんだよ」

祖母の言葉が蘇る。

「そうよ……。飴を忘れていたのよ」

幸恵は妹に振り向いた。

郁恵は「仕方ないよねえ」と、呑気な顔で笑っている。幸恵はその肩を摑んで、

「ダメ。急ぎましょう！　夕方になる前に山を降りるのよ」

蒼白な顔で訴えた。

「どうしたの」

「いいから、早くっ」

慌てふためき、幸恵は弁当を片づける。そして墓を顧みて、再び真剣に両手を合わせた。

（お祖母ちゃん。どうか、護ってください）

彼女は有無を言わせずに、郁恵の手を引っぱった。

郁恵が余りにせがむので、幸恵は道々事情を話した。

「飴がないと、目玉を取られる？」

「もちろん、ただの迷信だけどね」

幸恵は言い訳がましい笑みを浮かべた。妹は笑い飛ばしたのちに、一蹴するに違いない。

彼女はそれを覚悟した。が、郁恵は首を傾げたのちに、記憶を辿る口調になった。

「……そういえばさあ。まだ、こっちの家があったとき、法事で何回か来てるじゃん。そのとき、私、山の中をひとりで散歩したことがある」

「郁恵が小学生くらいのとき？」

「多分、入学したての頃ね。法事がつまんなくて、私、抜け出したのよ。それで、ひとりで一本道を山の方に登っていったら、突然、知らない男の子が出てきてさ」

「飴くれたんでしょ」

幸恵自身、数度、経験している。祖母が亡くなって暫くの間、飴を持ち歩く風習は村の中に残っていた。

（というより、祖母の話自体、この近辺の昔話を受け継いだものではなかったか）

鬼が飴を食べるという昔話があったからこそ、祖母の飴へのこだわりも生まれたのではなかろうか。

（だから、祖母とは関係なさそうな人までが、必ず飴を持っていたんだ）

幸恵はそう考えた。しかし、郁恵は頷かなかった。

「違うの。その子は『飴をよこせ』と言ってきたのよ。持ってないって断ると、走って追い掛けてきた。すごく怖い顔してね。飴、寄越せ。飴、よこせ。ア・メ・寄越せぇ――って」

声が山の中に響いた。

幸恵は妹の顔を見た。

「きっと、近所の悪ガキが私のことをからかったのね」

郁恵は強い口調で言い切る。だが、その声は余りに空虚だ。

急いでいた幸恵の足が止まった。膝が微かに戦慄いている。彼女は周囲を見渡した。細い山道を取り囲む木々は黒く、静まっている。人の声も、小鳥の声も、一切、何も聞こえない。耳につくのは自分達の呼吸と足音のみである。

(なぜ)

幸恵は考えた。

(どうして、ここには誰もいないの)

いくら地味な場所といっても、ハイキングコースには違いない。行楽客がいてもいい。いや、ハイカーはいないとしても、村人の姿はあっていい。なのにどうして、誰もいないのか。

(なぜ、飴の話を忘れていたのか)

お祖母ちゃんと言えば、飴だった。だからこそ、父も祖母の墓前に飴を供えろと言ったのだ。

それを郁恵が忘れ、幸恵が忘れ――こんな山奥に入るまで、思い出しもしなかった。祖母の霊感も、幽霊もそう。郁恵が追い掛けられた話も。

（忘れられる話のはず、ない）

そして、忘れていたものをなぜ、今になってぞろぞろと、ふたりで思い出しているのか。

「……怖い」

幸恵は呟いた。

妹の語った思い出が、自分のことのように脳裏に浮かんだ。

追い掛けてくる子供の影。山に通る叫び声。

――飴、寄越せ。飴、よこせ。ア・目・寄越せぇぇぇ………。

恐怖に立ち竦む姉を見て、郁恵は彼女の肩を叩いた。

「大丈夫だよ、お姉ちゃん。先には権現山がある。権現山のお寺には、お店や茶屋も出てるって、ガイドブックに書いてあったよ。飴ぐらい、手に入るから」

「本当？」

「うん。日暮れ前には着けるから。心配しないで平気だよ」

郁恵は優しい声を掛けた。ときには憎らしい妹だが、やはり血の繋がった姉妹である。

姉を励まそうとして、彼女は精一杯の笑顔を作った。

「ありがとう」

幸恵も微笑んで、再び道を歩き始めた。

もう、行程が辛いなど、文句を言っている余裕はない。相変わらず人気の絶えた山中を、木の根を避け、石を踏み越え、彼女達はひたすら歩き続けた。

(大体、郁恵がハイキングをしようと言い出さなかったら)

思ったものの、繰り言だ。

(やっぱり、寺から車道を下って降りたほうが良かったかしら)

だけど、それも今更だ。

時計を見ると、二時を回っている。また滲んできた汗を拭って、幸恵は景色など見もせずに、権現山への到着を目指した。

単調なアップダウンは、そののち一時間近く続いたか。

相変わらず、誰にも会わない。

それでも、郁恵の先導と共に権現山を目指して行くと、やがて杉木立が切れて、先程の寺と似たような風景が眼前に現われた。

「よしよし。着いた」

郁恵がはしゃいだ。

あとは寺を観光し、駅への道筋を下るだけだ。

「ここのお寺は、足腰が丈夫になる御利益があるんだってさ」

ガイドブックから得たらしい説明を、郁恵は口にした。

「ここまで歩ければ、充分よ」

幸恵は余裕を取り戻し、軽口を叩いて肩を竦めた。

時計は四時前を指していた。懸命に歩いたつもりでも、相応の時間は経っている。

「ここから駅までは、何分ぐらい？」

「三十分ほどじゃない」

「ええ？　まだ、そんなに沢山歩くの」

幸恵は肩を落としたが、いずれにせよ、日暮れまでには最寄りの駅に着けるだろう。彼女の心は軽かった。

しかし。

「……ねえ。やっぱり、誰もいないよ」

妹の声に見渡せば、広い寺域に人影はない。

寺務所の窓は開いていて、お守りが並べられている。駐車場には車もある。

それでも、僧侶も参拝客の姿も、見当たらないままだ。

「お店や茶屋は？」

幸恵は顔を曇らせた。

「参道の方にあるはずよ。私達が取ったコースは、寺の裏に出る道だから」

自分にも言い聞かせるように、郁恵は幾度も頷いた。

「じゃあ、お参りをしてそっちに急ごう。私、ジュース飲みたいし」

なるべく不安を出さないように、幸恵も頷き、本堂に回る。

幸い、ここは燃えていない。が、本堂の扉は固く閉ざされ、古びた賽銭箱以外、何も見ることは叶わなかった。

「賑わってるんじゃなかったっけ」

幸恵は不審の目を向けた。郁恵は「ガイドブックには、そう書いてあった」と呟くだけだ。

（……閉まっているお堂を拝んでも、仕方ないんじゃないかしら）

幸恵はそんな不安を持ったが、口に出すのは敢えて控えた。そして素早く手を合わせ、帰り道の無事を祈ると、正面の参道に向かっていった。

何も言わずとも、お互いが不安になっているのは明白だ。

知らず知らずに急ぎ足になりながら、石段を下り、小さな仁王門を潜り抜け——そうして、姉妹は低く呻いた。

「そんな……」

「絶対、おかしいよ！」

参道の両脇には、数軒の店が並んでいた。いや、正確に言うならば、店だった廃墟が並んでいた。

店を開けていた人々は、いつ、この場所を棄てたのか。賑わっているはずの寺は一体、いつ頃、寂れ果てたのか。

「あんた、何十年前のガイドブックを見てきたの！」

堪えきれなくなって、幸恵は怒鳴った。郁恵は口を結んだまま、強張った顔をしている

だけだ。

「誰もいないし、何もない。こんなことって、あると思うの⁉ 私達、絶対、どこかで間違えた道を来ているんだわ！」

「そんなことない」

郁恵が呟く。

「いいえ。どこかで私達、道を外してしまったのよ」

そして、現実にはない道筋を辿ってきてしまったのである。

ヒステリックな叫声に、郁恵は何も返さなかった。そしてまた、黙って歩き始める。

ここで泣こうが喚こうが、道を戻る時間はない。不安ならば一刻も早く、駅を目指すべきである。

無人の参道から目を背け、幸恵も懸命に足を運んだ。

既にハイキングコースは終わり、道路は舗装されていた。下りのみの道なので、速度も自ずと上がってくる。

それでも汗を搔くほどの早足で行くと、暫くののち、山は緑に囲まれながらも、まばら

な人家が現われ始めた。

けれども、これも空き家だらけだ。蔦の這い回っている朽ちた木造家屋ばかりか、築十年にも満たないようなモルタル造りの家までが、門柱を赤く錆びさせて雨戸を閉ざしてしまっている。

過疎か。それとも別の理由か。

ふたりはもう、無言のままだ。それらの不思議を口に出したら、恐ろしさが募るだけである。

（……山の守り神が亡くなったから？）

傾き掛けた屋根を見て、幸恵は密かに考えた。

（いいえ。そんな迷信が嫌で、村からみんな逃げ出したんだわ）

それとも、飴を貰えなくなった鬼が暴れたのであろうか。

いや、それよりも、心配なのは、今の鬼達の境遇だ。人がいなくなった今、この山に住む鬼達は飢えきっているのではなかろうか。

（ダメダメ。そんなことを考えちゃダメ）

幸恵は奥歯を噛みしめる。

（もうすぐ、駅に着けるんだから）

冷静になって考えるなら、何も怖いことはない。ただ、寺が燃え、人がいず、寂れているというだけだ。

（鬼の伝説は伝説よ。飴なんか持ってなくたって……そうよ。郁恵は何事もなく、山から降りて来られたじゃない）

飴の話が恐ろしいのは、その恐怖を幼い頃に植え付けられたからである。夜のトイレが怖かったのと、大差ない。

（夜のトイレはもう怖くない。だから、山だって平気だわ）

幸恵は自分に言い聞かせた。そして廃屋を見ないように、ひび割れたアスファルトの道だけを眺めて歩いた。

（もう少し、もう少し。もう少しで駅）

その視線を上げさせたのは、明るい妹の声だった。

「お姉ちゃん、見て。茶屋がある！」

顔を上げると、観光地にありがちな半露天の四阿が見えた。緋毛氈を敷いた縁台の上、竹竿で吊られた紺の布地に『甘酒』と、染め抜いてある。

「やった！」

ふたりは同時に叫び、店の方に駆け寄った。

ここにもやはり、人影はない。だが毛氈の上には飲み差しの茶碗や、空になった皿が載っている。脇にある古そうな竈には、大きな薪がくべてあり、炎がひらひら揺れていた。

「私、甘酒飲みたいな」

床几にドサッと腰を下ろして、郁恵が陽気な声を出す。幸恵も「ラムネ」と言いながら、大きな溜息をついた。

背負っていたリュックを下ろすと、行く道の先に、真っ白い木の花が咲いているのが見えた。

梅だ。まだ、この辺りは桜より梅の季節なのだろう。

季節が逆行した齟齬感がある。だが、寂れた場所だからこそ、山間に咲く花には風情があった。

幸恵が頬を緩める脇で、気ぜわしげに郁恵は立ち上がる。

「トイレを借りたついでに、お店の人、探してくるね」

「私、ラムネね！」

いつもどおりの、せっかちそうな郁恵の態度だ。

口に手を当て、幸恵が叫ぶ。郁恵は手を振りながら、店の奥に入っていった。

(良かった。やっとまともになった)

食べたり飲んだり、たわいない会話を交わしたり。墓参にしろハイキングにしろ、そういう楽しみがあってこそだ。

幸恵は床几に手をついて、しばし白梅の景色に見入った。ストレスで、頭の芯が重い。なんだか、眠くなってきた。

ぼんやり景色を眺めていると、郁恵が足早に戻ってきた。そして隣りに腰掛けて、妙に明るい声を放った。

「お店の人、留守みたい。お客が一旦、引けたから、ちょっと出かけてるんじゃない？」

聞いた途端、幸恵はギクッとして妹を見た。彼女は素知らぬ顔をして、リュックの荷物

整理を始める。幸恵には視線を合わせない。

竈の火は燃えている。飲み差しの茶碗も置いてある。店番はすぐに帰ってくる。

だが、そんな常識に縋っても、人の気配は戻らなかった。

(確か、こんな昔話があったよな……)

話の主人公は、ここと同じように、人の形跡の残ったままの一軒家を山に見出すのである。そこは城のように立派な御殿で、主人公は高価なお椀や宝石を持ち帰るのだ。

(でも、この店には何もない。剝げた塗り箸なんかいらないわ)

必死に気を逸らしても、待つほどに緊張が募ってくる。郁恵もついに、荷物整理を終えてしまったようである。

「……もう、行こうか」

幸恵は言った。郁恵はそれには答えずに、

「お姉ちゃん」

掠れた声を出して、視線を振り向けた。

顔を上げた妹は、ひどく青ざめていた。そして落ち着かない眼差しで、姉を見、景色を

眺め、彼女は大きな吐息を漏らした。

「さっきの話ね。続きがあるの」

「さっきの話？」

「男の子に追い掛けられたって言ったでしょ。あのあと、私、声を聞いたの。今度、会ったら、絶対に、お前からアメを取ってやるって。それを今、私、思い出したの」

喉に声を詰まらせて、彼女は呟く。

幸恵は背筋を凍らせながら、慌てたような早口で言った。

「近所の悪ガキのいたずらよ」

「私もそうだと思っていた。だけど」

郁恵は涙ぐんでいる。

「だけど、私、怖かった。だからずっと、お墓参りをさぼっていたの。なのに今回は、そのことを全部、私、忘れてた。……なんで、忘れていたのかな。なんで、私、お墓参りだけじゃなく、山に行こうなんて言い出したのかな」

――それのみならず、飴まで忘れた。

元気そうに見えたのは、郁恵の強がりだったのか。彼女はもう言葉すら、満足に出せない様子であった。膝の上に置いた手が落ち着きなく動くのは、静止すると、指先が微かに震えてしまうからだ。

「いつもの元気はどうしたの」

幸恵は声を大きくして、さっと床几から立ち上がった。

もう四時半だ。無人の茶屋で人を待ち、三十分近く潰している。

（まるで、夕方を待ってたみたい）

幸恵は小走りになりながら、強張った顔で付いてくる郁恵の方を顧みた。

妹の枕元には、祖母は現われなかったのか。飴を持って行けとは告げなかったか。

それとも、幸恵の見た影は、まさにただの夢であり、叔母が嗤っていたように祖母には霊感などなかったのか。

（夢の中で、お祖母ちゃんは、私に飴をくれたはず）

萎びた掌の中にはひとつ、黒くて丸い飴があった。

（目はふたつなのに。どうして、ひとつ？）

静まりかえった山道を、白梅の花だけが彩っていた。暮れかけてきた春の陽は周囲の緑を呑み込んで、木に咲く白い花ばかり、夕暮れに浮かび上がらせている。

（早くしないと）

陽が暮れる。幸恵は足に力を入れた。

「お姉ちゃん」

郁恵の声がした。遅れがちな妹を見ると、彼女はひきつった口元に笑みを浮かべて、先を見ている。

視線の先に、ゆらゆらと梅の花が揺れていた。

いやに小柄な老人が、背に負った籠一杯に梅の枝を入れ、近づいてきた。初めて出会った人影だ。

（花売り？）

まさか。この梅園で梅の枝など、売れるはずはない。

（それに……）

老人が目指す道筋は、自分達が来た道だ。無人の山と廃屋ばかりの山中の、どこを彼は

目指すというのか。

郁恵が無言で寄り添って、姉の袖を強く摑んだ。

幸恵は唇を固く結んで、素知らぬ振りで老人の側を通り過ぎようとする。

──「なあ」

しわがれた声が聞こえた。

息を呑んで見返ると、老人は花を背負ったまま、真っ白い顔でふたりを見ていた。

背丈は、幸恵達の肩ほどもない。垢じみた作務衣から覗いた手足は、いずれも折れそうなまで細い。

(この人だったら、何かあったら突き飛ばして逃げられる)

幸恵はとっさに判断した。

縦横に刻まれた皺のため、老人の表情はよくわからなかった。小さな目だけが、やけにキラキラと輝いて、ふたりを交互に見つめている。

「きれーな梅だろ」

耳障りな声がした。

やはり花売りだったのか。観光客向けの花売りだ。

幸恵は心中、息を吐き、微笑を添えて頷き返した。

だが、老人はにこりともしない。そして、にこりともしないまま、片手を一本、突き出してきた。

「……なに」

郁恵の声が震えた。

――「飴」

低い声が聞こえた。

郁恵の体が、ピクンと跳ねた。

――「飴を持っているだろう?」

老人の顔が一瞬に、子供のそれに変わった気がした。ふたりは声も出ないまま、躙り下がると駆けだした。

男の影は追ってくる。

梅の花の一々が、笑ったようにひらひらとして、それが全部、飢えきった子供の顔に変

わって見えた。
——飴。飴。ア・メ・ヨコセ
郁恵が泣きながら、両目を押さえた。
幸恵はただ、悲鳴を上げた。
（お願い、妹の目を取らないで！　郁恵の目を取らないで……！）

※　※

『銘菓　鬼よけ飴』
すり切れた緋毛氈の上、黒砂糖の飴が置かれた。
「だから、この山を行くならば、黒飴は必要なんですよ」
白い三角巾を被って、茶屋の女はにっこり笑った。
私は小首を傾げつつ、彼女の顔を仰ぎ見た。
黒い瞳の片方が、白い眼帯で覆われている。その眼帯ひとつのせいで、如何にも健康そ

うな容姿が、謎めいたものになっている。

「あなたも目を取られたんですか？」

甘酒を飲み込んで、私は聞いた。

「いいえ。これは、ものもらい」

彼女は眼帯に手を当てる。その様は妙に慎重で、かつまたどこか、色っぽかった。

山の上の権現サマは、話ほどには廃れていない。誰かが山守を継いだのか。参道は進んでいくほどに、賑々しい雰囲気だ。

私はとある取材の都合で、この山を登ることにして、たまたま『甘酒』の看板の出ている茶屋に入ったのだ。そして、この怪談を得ることが叶ったのである。

（やっぱり、歴史のある場所は、変な話が残っているな）

それとも、彼女の創作だろうか。

女主人が語った話は、今の季節そのままだ。話に出てきた姉妹と私は逆のコースを辿ったが、駅から登った道筋には、確かに白梅の林があった。

「最近の話のようですが」

私は訊いた。

「ええ。そうですよ。五、六年前の出来事です」

「で。姉妹は結局、どうなったんです？　無事に鬼から逃げられた？　無人だったお茶屋って、ここのことではないんですか？」

矢継ぎ早に、私は質問をした。

「ここで働いて、まだ間もないから、場所はよくわかりません」

最後の質問をさらりとかわして、彼女はオチを語ってくれた。

「姉妹はまあ、半分は助かったと言っていいんでしょう。夢枕に立った祖母は飴をひとつしかくれなかった。そのせいかも知れないし、姉が妹のことを、心から心配したからかも知れないけれど……姉妹は仲良く、片目ずつ失ってしまったそうですよ」

「なるほど。きっとそののち、姉と妹は山の守番を継いだんでしょうね」

「あら、よくおわかりで」

女は笑う。

私は飴の袋を取った。

ともあれ、黒飴は売り物だ。そう考えると、今の話は脅しに近いものがある。だが、こういう話は嫌いではない。話をしてくれた礼も兼ね、私は飴を買うことにした。

「ありがとうございます。お気をつけて」

眼帯の女性の声色が、営業用のものに変わった。

(まったく、調子いいんだから)

私も軽く頭を下げて、寺への一本道を登り始めた。

――「お姉ちゃん」

ふと、声が聞こえた。

振り向くと、女主人に歩み寄ってくる影がある。

立ち止まり、私は目を凝らした。

きびきびとした、華奢な影だった。

けれども、妹らしい影の片目が、果たして無事であるのかどうか――揺れるのれんに遮られ、確かめることは叶わなかった。

編者解説

朝宮運河

十代の皆さんに向けてホラー小説の傑作を選りすぐり、お届けしてきた**「キミが開く恐怖の扉　ホラー傑作コレクション」**も四冊目となりました。シリーズ完結編にあたる本書**『血ぬられた都市伝説』**では、都市伝説や噂が引き起こす恐怖を扱ったホラー小説を四編収録しました。

都市伝説、つまり現代を生きる人々が誰かから聞いて誰かに伝える、本当とも嘘ともつかない怪しげな話の数々は、なぜか私たちの心を強く惹きつけます。耳まで裂けた口をマスクで隠して、夜道に立っている口裂け女。手を使ってすごいスピードで追いかけてくるテケテケ。きさらぎ駅やコトリバコなど、ネットで生まれて広まった都市伝説もよく知られています。

今ではあまり聞かなくなりましたが、私が小学生の頃には人面犬という都市伝説が全国的に大流行しました。人の顔をした犬が夜道に現れて、目撃した人に向かって「ほっといてくれよ」と口をきく……と説明するとまるで笑い話ですが、当時は暗い道を一人で歩くのが怖くてたまらなかったものです。

このように噂には、嘘だと分かっていてもなぜか信じてしまいたくなる、不思議な力が潜んで

います。そして本書に収録した四つの物語にも、この不思議な力は作用しているはずです。では順に内容を紹介していきましょう。

最東対地さんの**「カミソリおっさん」**は髪を洗っている時、七回後ろをふり返るとグレーのスーツに帽子姿の怪人が現れる、という都市伝説を扱った作品です。夏休みのある夜、主人公の高校生が四人の友だちと一緒に、銭湯でこの実験にチャレンジするのですが、その直後から主人公の周辺でスーツ姿の男が目撃されるようになります。気のせいだと思っても、怪異は激しさを増すばかり。身の危険を感じた主人公は、家から飛び出しますが……。

どこの家庭にもあるようなT字のカミソリを持って襲ってくる、謎の怪人・カミソリおっさん。その神出鬼没ぶりにハラハラドキドキさせられる一編です。カミソリおっさんの存在が主人公にしか見えず、誰に言っても信じてもらえないという展開が、怖さをさらに引き立てています。物語は後半になると意外な方向に転がり、ますます目が離せなくなっていきます。カミソリおっさん以外にもさまざまな都市伝説の要素を盛りこんで、衝撃的な世界を作り上げたスリル満点のホラーです。

最東対地さんはこの他にも、都市伝説を扱ったホラーをいくつも書いているので、興味のある方は読んでみるといいでしょう。「カミソリおっさん」が収録されている短編集『異世怪症候

群』や、死体の顔をくり抜いて白米を詰めるという村の風習を扱った『夜葬』、体の一部を持ち去っていく〝ドロボー〟の出現を描いた『おるすばん』などが代表作です。嘘のような噂が現実になり、日常に侵入してくる恐怖をたっぷりと味わうことができます。

三津田信三さんの**「黄雨女」**は晴れた日にもかかわらず、黄色い雨具を着けて道路に立っている謎の女性・黄雨女にまつわる物語です。主人公のサトルが自宅アパートから大学へ向かう道の途中、その女性を目撃したことから事件は始まります。最初は水路のそばに立っているだけだった黄雨女は、なぜかサトルにつきまとうようになり、じっと視線を向けてきます。

この小説が興味深いのは、サトルの先輩が話してくれた都市伝説の内容と、サトルの体験談との間にずれがあることです。学生たちの間で噂されている〝雨女〟はどこかユーモラスで、あまり恐怖を感じさせない存在ですが、サトルが出会っている女性は現実に恐ろしい事態を引き起こすのです。なぜサトルだけがこのような目に遭ったのか？　作者ははっきり説明することはせず、なんとも言えない不気味な読後感を作り出しています。サトルの体験が新たな都市伝説を生み、その怖さが小説の語り手や読者にも伝染してくる、という凝った構成の作品です。

作者の三津田信三さんは、ホラーとミステリーの両ジャンルで活躍しています。放浪の作家・刀城言耶が日本各地で難事件を解決する「刀城言耶」シリーズが有名ですが、「黄雨女」のよ

うに小説の世界と現実が地続きになったようなホラー小説でも高い人気を誇ります。「黄雨女」が収められた短編集『怪談のテープ起こし』や、『のぞきめ』『どこの家にも怖いものはいる』など、三津田さんのホラーは大人の読者でも震え上がるほど怖いものばかり。怖いものが大好きという方は、勇気をふるって挑戦してみてください。

誰かの噂話をするのは楽しいことです。都市伝説を集めたり、調べたりするのも胸がわくわくします。しかしそれが誰かの心を傷つけてはいないか、という点には常に注意する必要があるでしょう。

宮部みゆきさんの「**オモチャ**」では、商店街の角にある玩具屋さんの二階の窓に、首吊りのロープが下がっている、という噂が町内に広まります。玩具屋のおじいさんが妻のおばあさんを殺したのだという人もいますが、おじいさんの親戚にあたる小学三年生のクミコは、それがでためであることを知っています。

しかし噂はどんどんエスカレートし、ついにはテレビ番組の取材がやってくる事態へと発展します。「よってたかって年寄りをオモチャにしやがって」というクミコのお父さんの言葉には、面白半分に噂を広める人たちへの静かな怒りと、標的にされたおじいさんへの同情がにじんでいます。では、当のおじいさんは何を考え、どう感じていたのでしょうか。それは最後まで分か

りません。大きな謎をあえて残した「オモチャ」は、懐かしさと怖さが入り混じったような複雑な味わいに魅力があるといえます。

宮部みゆきさんはファンタジー大作『ブレイブ・ストーリー』などで十代の読者にも大人気ですが、怖い小説もたくさん書いています。日常生活に現れたさまざまな不思議を描く『チヨ子』(「オモチャ」が収録されています)や、江戸時代の怪しい事件を扱った『本所深川ふしぎ草紙』『あやし』などの短編集には、人の心に潜む光と闇が多彩なストーリーとともに描かれており、ホラーの奥深さを感じることができます。

加門七海さんの**「アメ、よこせ」**では、東京に暮らす姉妹が埼玉県の山の中へお墓参りに出かけます。その山には悪い鬼が現れて、人間の目玉を盗っていくという伝説がありました。これは都市伝説というより昔話に近いものですが、だからといって笑い飛ばすこともできません。古くから語り継がれている話には、事件や災害の記憶を伝えたり、大切な教訓を含んでいたりするものも少なくないのです。

楽しいはずのハイキングが少しずつ不穏な気配に包まれていく様子を、作者は霊感があったという姉妹のお祖母ちゃんのエピソードを交えながら描いていきます。昔話の世界が現実化するクライマックスは、明るい屋外を舞台にしているのに、どこにも逃れられないような恐怖と絶

望感がいっぱい。場面が変わってほっと一安心と思っても、最後の最後までぞっとするような展開が待ち受けています。その怖さを支えているのは、日本では古くから信仰の対象とされ、神様や妖怪が住むと考えられてきた山の存在感でしょう。

加門七海さんもホラー好きなら、ぜひ知っておきたい作家の一人です。長編では心霊スポットに出かけたメンバーの様子が次々におかしくなっていく『祝山』が代表作でしょうか。「アメ、よこせ」を読んでも分かるように、加門さんのホラーはいかにも現実に起こりそうな心霊現象がリアルに描かれている点に特徴があります。作者自身のさまざまな不思議体験を記した『怪談徒然草』などの実話集や、オカルトや宗教への知識をもとに〝呪い〟の真相に迫った『呪術講座 入門編』などのノンフィクションも、恐怖の楽しみが詰まっていておすすめです。

最後にあらためて言っておきたいのは、都市伝説や噂とのつき合い方についてです。この本に書かれているとおり、都市伝説や噂には私たちの心を揺り動かし、大胆な行動に駆りたてるという面があります。だからこそ慎重にならなければなりません。誤った情報や面白半分の噂が、暴力や差別につながり、悲惨な事件を引き起こすこともありうるからです。都市伝説や噂を扱ったホラーを読みながら、信じやすい人の心について考えてみるのも、意味のあることではないでしょうか。

朝宮運河

ホラー小説は怖くて楽しく、いろいろなことを考えるきっかけも与えてくれます。「キミが開く恐怖の扉　ホラー傑作コレクション」全四巻を手にした皆さんが、ホラー小説をさらに好きになってくれたなら、これほど嬉しいことはありません。

[著者プロフィール]

最東対地（さいとう・たいち）

1980年、大阪府生まれ。日本ホラー小説大賞の読者賞を受賞し、2016年『夜葬』でデビュー。ほかの著書に『#拡散忌望』『おるすばん』『KAMINARI』『カイタン 怪談師りん』『ふたりかくれんぼ』『恐怖ファイル 不怪』、ノンフィクション『この場所、何かがおかしい』など。

宮部みゆき（みやべ・みゆき）

1960年、東京都生まれ。法律事務所勤務を経て1987年「我らが隣人の犯罪」でオール讀物推理小説新人賞を受賞しデビュー。以後、1989年『魔術はささやく』で日本推理サスペンス大賞、1992年『龍は眠る』で日本推理作家協会賞、『本所深川ふしぎ草紙』で吉川英治文学新人賞、1993年『火車』で山本周五郎賞、1997年『蒲生邸事件』で日本SF大賞を受賞。1999年には『理由』で直木賞を受賞。2001年『模倣犯』で毎日出版文化賞特別賞、2002年には司馬遼太郎賞、芸術選奨文部科学大臣賞（文学部門）、2007年『名もなき毒』で吉川英治文学賞を受賞した。2022年には菊池寛賞を受賞。

三津田信三（みつだ・しんぞう）

奈良県出身。編集者を経て2001 年『ホラー作家の棲む家』でデビュー。2010 年『水魑の如き沈むもの』で本格ミステリ大賞を受賞。ほかの著書に『厭魅の如き憑くもの』にはじまる「刀城言耶」シリーズ、『のぞきめ』、『禍家』『凶宅』『魔邸』の〈家三部作〉など。

加門七海（かもん・ななみ）

東京都生まれ。美術館の学芸員を経て、1992年『人丸調伏令』でデビュー。呪術、民俗学等への造詣を生かした小説や怪談実話等を執筆。著書に『祝山』『もののけ物語』『着物憑き』『たてもの怪談』、ノンフィクション『呪術講座　入門編』など。

血ぬられた都市伝説

最東対地　三津田信三　宮部みゆき　加門七海

朝宮運河 編

JN196131